박정수 판타지 장편소설

FANTASYSTORY & ADVENTURE

뱀파이어

무림에 가다

3

dream
books
드림북스

뱀파이어 무림에 가다 3

초판 1쇄 인쇄 / 2013년 9월 5일
초판 1쇄 발행 / 2013년 9월 11일

지은이 / 박정수

발행인 / 오영배
책임편집 / 편집부
펴낸 곳 / (주)삼양출판사 · 드림북스

주소 / 서울특별시 강북구 솔샘로67길 92
대표 전화 / 02-980-2112 팩스 / 02-983-0660
편집부 전화 / 02-980-2116 팩스 / 02-983-8201
블로그 / blog.naver.com/dreambookss

등록번호 / 제9-00046호
등록일자 / 1999년 3월 11일

값 8,000원

ISBN 978-89-542-5307-9 (04810) / 978-89-542-5304-8 (세트)

* 지은이와 협의하에 인지는 생략합니다.
* 잘못된 책은 구입한 곳에서 바꾸어 드립니다.

이 도서의 국립중앙도서관 출판시도서목록(CIP)은 서지정보유통지원시스홈페이지(http://
seoji.nl.go.kr)와 국가자료공동목록시스템(http://www.nl.go.kr/kolisnet)에서 이용하실 수
있습니다. (CIP제어번호: 2013016845)

뱀파이어
무림에 가다

박정수 판타지 장편소설

FANTASYSTORY & ADVENTURE

3

dream
books
드림북스

Contents

뱀파이어

무림에 가다

Vampire

제1장

이제 그대의 것입니다

우르르르, 쾅쾅쾅!

시야가 뒤집어지고 눈앞에 낯선 장소가 펼쳐진 것만으로도 놀랄 지경인데, 메마른 하늘에 휘몰아치는 천둥과 번개에 더 이상 놀랄 기력도 생기지 않았다.

그리고 짙어 가는 먹구름.

그 먹구름에 가려 사위가 어둑해지자 살수들이 하오문주와 월하파파, 그리고 월영의 뒷목을 잡고 마법진을 빠져나왔다.

"이곳에서 편히 구경하시지요."

흑오가 셋에게 다가와 그들을 소연무장 한편에 자리한 석탁으로 안내했다.

힘겨운 월하파파만이 자신의 륜의에 앉았고, 하오문주와 월영은 자리에 앉을 생각도 못 한 채 경악에 가득 찬 눈으로 소연무장을 바라보고 있었다.

은발 색목인의 변신과 더불어 위명이 쟁쟁한 사도련 서열 십이 위 혈웅인이 단숨에 갈기갈기 찢겨 버린 것이다.

괴사는 그걸로 끝이 아니었다. 뒤를 이어 땅을 뚫고 해골이 나왔다. 해골이 걸어 다니는 것도 놀랄 일이건만, 투구를 쓴 그것들이 칼을 휘두르고 방패로 몸을 방어하며 소연무장 안의 무인들을 압박하고 있었다.

하지만 그들의 무서움은 따로 있었다.

콰드득! 퍼석!

소연무장에 원진을 짠 무인들은 저마다 세력을 대표하는 이들이었기에 그 무위가 결코 낮지 않았다. 그들의 일 장, 일 검에 해골, 스켈레톤들은 부서져 나갔다.

허무하게 부서지는 스켈레톤의 모습에 하오문주 일행의 눈엔 아쉬운 기색이, 각 세력에서 파견된 무인들의 눈엔 환희의 빛이 스쳐 지나갔다.

하지만 그것도 잠시.

드드드드득!

부서진 스켈레톤들의 뼈가 서로에게 이끌려 다시 결합했고,

"까아아아아!"

이내 본모습 그대로 자리에서 일어나 검과 방패를 휘두르며 괴성을 질렀다.

"헙!"

"어, 어찌!"

부서진 십여 구의 스켈레톤들이 다시 괴성을 지르며 압박해 들어오자 무인들의 질린 눈동자는 하염없이 흔들렸다.

죽지 않고 부서지지도 않는 스켈레톤들은 단순히 약하기만 한 오십여 구의 병졸이 아니었다.

그건 끝없이 몰아치는 대군(大軍)과 다름없었다.

죽여도, 죽여도 그 끝을 알 수 없는.

그러는 사이, 소연무장으로 가라앉은 먹구름이 하오문주를 비롯한 이들의 시야를 완전히 가려 버렸다.

"어둠은 본인의 것. 본인의 세상에 온 것을 환영한다."

소연무장 외곽에 가만히 팔짱을 끼고 서 있던 야현이 움직였다. 그리고 얼마 지나지 않아.

"으아아악!"

"주, 죽어……, 크아아악!"

고통에 찬 비명이 먹구름 안에서부터 순차적으로 터져 나오기 시작했다.

보이지 않았지만 알 수 있었다.

아니, 느낄 수 있었다는 게 좀 더 정확할 것이다.

야현의 힘이 얼마나 강한지.

비명조차 그리 오래가지 않아 사그라지고 말았다.

먹구름으로 가득 찬 소연무장 안.

"하아아악!"

야현은 널브러진 시신들의 한복판에 서서 양팔을 들어 올리며 나직한 야성을 터트렸다.

"주군."

먹구름 외곽에서 대기하고 있던 카이만이 다가왔다. 카이만의 검은 눈 사이로 유달리 번들거리는 붉은 눈동자에 야현은 피식 웃음을 터트리며 물었다.

"시신이 필요한가?"

"우히히히."

카이만은 대답 대신 괴소를 보였다.

"속하가 이제껏 본 재료 중에 최강입니다."

죽은 무인들로 다크 나이트를 만들겠다는 뜻.

"이런."

야현이 낯을 찡그렸다.

왜냐하면 무인들의 시체가 하나같이 갈기갈기 찢어져 온전한 것이 없었기 때문이었다.

"영혼과 그에 어울리는 시체가 중요하지, 시체 상태는 그다지 중요하지 않습니다. 우히히히.”

　시체를 가진다는 것만으로 기분이 좋은지 그의 웃음소리는 상당히 높아져 있었다.

　“그렇다면 다행이군.”

　야현의 말이 다 끝나기도 전에 카이만은 자그만 마법진을 그린 후, 그 위에 네 개의 다이아몬드, 금강석을 올려놓았다. 그리고 좀처럼 알아들을 수 없는 목소리로 흥얼거리며 마법진을 개진했다.

　쏴아아아아―

　음산한 바람이 불며 허공에 희뿌연 무언가가 모습을 드러냈다.

　무형의 혼이 유형화가 된 것이었다.

　[나, 나는 죽었……, 네, 네놈!]

　[끄으으! 죽이리라! 죽이리라!]

　[아, 악마! 너는 악마다!]

　[으으으! 죽은 나의 안식마저 거두려는 것이냐!]

　모습을 드러낸 네 혼령은 각 세력의 대표로 참석한 이들이었다.

　[죽이리라! 혼령이 되어도 죽이리……, 으아아악!]

　그 말처럼 혈웅인의 혼령이 정말로 야현에게 달려들었다.

　쩌엉!

그때 카이만이 지팡이를 바닥에 찍자 그 울림이 혈웅인의 혼을 뒤흔들었다. 울림이 주는 고통이 어지간히 끔찍했던지 혈웅인은 머리를 쥐어짜며 괴로워했다. 심령을 뒤흔드는 울림을 느낀 탓에 나머지 세 혼령들도 무서운 듯 몸을 바르르 떨었다.

"우히히히!"

카이만은 검지를 이빨로 찢어 흘러나온 피를 네 개의 금강석 위에 떨어뜨렸다. 신기하리만큼 피는 금강석에 금세 스며들었고, 곧 돌 전체를 붉게 만들었다. 카이만은 붉어진 금강석에 시선을 그대로 고정한 채 지팡이를 흔들며 중얼거렸다.

[아아아아악!]

[끄아아아아!]

[으어어어어!]

[으으으으으!]

끔찍한 귀성과 함께 네 혼령들이 각각 네 개의 금강석으로 빨려 들어갔다.

네 개의 금강석을 모두 수습한 카이만이 이번에는 여덟 개의 보석을 꺼냈다.

"듀라한?"

"우히히히히!"

야현의 질문에 카이만은 즐거운 듯 괴소를 터트리며 지팡이를 흔들었다.

[끼이이이이!]

[꺄아아아아!]

그러자 여덟 혼령이 모습을 드러냈고, 그 혼령들 역시 귀속을 거부하지 못하고 보석으로 빨려 들어갔다.

"우히히히!"

카이만은 기쁨을 감추지 않으며 보석과 함께 열두 구의 시신을 아공간에 집어넣었다.

"넷의 다크 나이트에 여덟의 듀라한인가? 좋은 전력이 되겠군."

"우히히히!"

카이만은 괴소로 대답을 대신한 후 먹구름을 지웠다.

먹구름이 사라지고 드러난 소연무장.

그곳엔 뒷짐을 지고 선 야현과 그 옆에 지팡이를 짚고 선 카이만의 모습만 보일 뿐이었다. 아직 마르지 않은 핏물이 흥건하건만 무인들의 시신은 온데간데없었다.

쿵!

카이만이 지팡이를 바닥에 두드리자 스켈레톤들이 다시 땅속으로 사라지고, 남은 일곱 구가 소연무장으로 걸어 들어와 서로 엉키며 의자를 만들었다.

야현은 익숙한 듯 뼈다귀로 만들어진 의자에 편하게 앉았다.

"윽!"

"크윽!"

그런 야현 앞으로 네 명의 계주가 끌려와 무릎이 꿇렸다.

"사, 살려……."

야현이 보여 준 공포에 휩싸인 네 명의 계주는 몸을 벌벌 떨며 바닥에 바싹 엎드렸다.

야현은 턱을 괴곤 아무 말 없이 그들을 내려다보았다.

반 각, 반 각, 그리고 일 각.

시간이 흘러도 야현의 입은 열리지 않았다.

긴장감이 고조되면서 네 계주의 몸은 더욱 떨렸다.

스으윽!

야현이 마침내 침묵을 깨고 자리에서 일어났다.

옷자락이 쓸리는 소리에 계주들의 몸이 크게 움찔거렸다.

"흑오."

"예, 주군."

조용히 옆에서 대기하고 있던 흑오가 부름에 앞으로 다가와 허리를 숙였다.

탁!

야현은 흑오에게 하오문 문새를 던졌다.

"이제 그대 것이다."

"주, 주군!"

순간 흑오의 눈에 격정이 떠올랐다.

"카이만."

"예, 주군."

"종속의 인장으로 흑오를 도와줘."

"우히히히! 그리합죠."

야현은 석탁으로 걸음을 옮겼다.

그 뒤에 베라칸과 독고결이 섰다.

하오문주와 월하파파, 그리고 월영이 여전히 놀람이 가시지 않은 눈으로 야현을 응시했다.

"몸도 안 좋으신데 안으로 들어가시죠."

야현은 그들을 향해 사람 좋아 보이는 미소를 지으며 월하파파의 륜의 뒤쪽 손잡이를 잡았다.

"그러세."

하오문주가 토혈하는 월하파파를 연민 어린 눈으로 바라보며 고개를 끄덕였다.

월영도 함께 움직이려 하자 야현이 걸음을 멈췄다.

"그대는 이쪽이 아니라 저쪽입니다."

야현이 가리킨 곳은 흑오와 그 앞에 여전히 살기 위해 바싹 엎드려 있는 계주들이 있는 곳이었다.

"……왜?"

"왜?"

야현의 미간이 좁혀졌다.

"그럼 화계주를 마음대로 앉혀도 되겠군요."

야현의 조소에 월영의 얼굴이 딱딱하게 굳어졌다.

"누가 누구를 앉힌다는 거죠?"

"차기 하오문주."

"그, 그 말은 하오문을 가지겠다는 뜻인가요?"

월영의 얼굴이 창백해졌다.

야현은 그런 월영에게 얼굴을 가까이 가져가며 히죽 웃었다. 그 웃음에 월영은 흠칫, 뒤로 한 걸음 물러났다.

"본인이 아닙니다."

안도감이 들어야 할 대답이건만 월영의 불길함은 더욱 커졌다. 월영은 야현의 눈동자를 따라 시선을 옮겼다. 그 시선 끝에는 흑오가 서 있었다.

흑오는 야현의 수하.

직접 가지겠다는 것도 아니고 수하에게 주겠다는 뜻.

더한 분노와 굴욕감에 월영의 입술이 부들부들 떨렸다.

"가거라. 쿨럭, 쿨럭."

월하파파가 손을 저었다.

"하, 하지만……."

"이미 결정이 되었단다."

하오문주가 고개를 저으며 분해하는 월영에게 말했다.

"이럴 수는 없어요. 하오문은! 하오문은!"

"그대가 생각하는 하오문은 이제 없습니다."

야현은 조소를 보이며 륜의를 밀었다.

『카이만. 이 여자도 종속의 인장으로 구속해.』

『알겠습니다. 우히히히!』

카이만에게 매직 마우스로 뜻을 전한 야현은 월하파파, 하오문주와 함께 장주실로 향했다.

장주실에 들어선 야현은 직접 찻잔을 가져와 차를 우렸다.

"드시지요."

야현은 그윽한 향이 나는 용정차를 하오문주와 월하파파에게 따랐다.

"맛이 좋구먼. 껄껄껄."

하오문주는 마음에 드는 듯 기분 좋은 표정을 지었다.

"그런데 의외군요."

월하파파가 찻잔을 내리며 야현을 쳐다보았다.

"그러게 말이야."

하오문주도 월하파파의 말을 거들었다.

"야 소협이 하오문을 가질 줄 알았는데 아니군요."

월하파파의 말에 야현이 부드러운 미소와 함께 찻잔을 내려놓았다.

"하오문을 원한 건 본인이 아니었습니다."

"진정 그러한가요?"

월하파파는 나직하게 한숨을 내쉬었다.

"야 소협은 큰 그림을 그리시는군."

야현은 별다른 대답 없이 찻잔을 다시 들었다.

*　　　　*　　　　*

북경 서문을 벗어나 서쪽으로 가다 보면 소오태산(小五台山)이 나온다. 그곳에서 북쪽으로 다시 길을 잡아 오르면 소오태산에서부터 이어진, 깎아지른 듯한 절벽으로 가득한 험산(險山)이 있다.

소오태산이라고 하기에도, 아니라고 하기에도 모호한 산이다. 풍광이 좋은 소오태산 주맥(主脈)과 주봉(主峰)이라면 몰라도 지맥(支脈)은 지맥이되 끝 줄기에 자리한, 절벽과 절벽으로만 이루어진 그 험준한 산을 찾는 이는 아무도 없었다.

그런 험산에 야현과 베라칸, 하오문주, 그리고 하오문 출신의 길잡이가 발을 내디뎠다.

제대로 된 길도 없이 그저 사냥꾼이나 약초꾼이 다닐 법한 협로를 따라 절벽을 오르고 내리기를 몇 차례, 새벽에 들어선지 오후가 훌쩍 넘어서야 저 멀리 계단 논과 밭, 그리고 초가 대여섯 채를 발견할 수 있었다.

"흠!"

절로 이는 침음.

"좀 쉬었다 가세."

하오문주의 말에 모두가 큰 그늘을 드리운 거목 아래 자리를 잡고 앉았다. 시원한 한 줄기 바람이 그들의 땀을 말렸다.

야현이나 베라칸, 하오문주야 몸이 좀 고될 뿐 힘들지는 않았지만, 그들을 안내하는 하오문도의 옷은 땀으로 흠뻑 젖어 있었다. 지금의 휴식은 그를 위한 하오문주의 배려였다.

원래는 월영이 야현을 안내하기로 약속이 되어 있었지만, 문주직을 내려놓으면서 심경의 변화가 있었는지 하오문주가 따라나섰다.

마지막 인사를 나누고 떠남으로 남은 생을 전진교에서 보내고자 함이었다. 파문 제자였기에 전진교 장문인이 받아준다는 허락이 있어야겠지만.

"이상하신가?"

파문 제자라 해도 하오문주는 엄연히 전진교의 문도였다.

그런 그가 굳이 길잡이를 데리고 왔으니 이상할 만도 했다.

"낯부끄럽지만 근 오십 년 만일세. 그사이 본교도 터를 옮겼고."

회한 가득한 목소리.

"자네도 앉아서 쉬시게."

하오문주는 야현의 곁에 서 있는 베라칸을 올려다보았다.

"괜찮소."

베라칸은 감정이 실리지 않은 목소리로 짧게 대답하고는 입을 굳게 닫았다. 베라칸의 딱딱한 말투에 어색함이 잠시 돌았다.

"문주님, 이제 다시 출발하셔야 합니다."

잠시 땀을 식힌 하오문도가 산등성이로 떨어지는 해를 보며 자리에서 일어났다.

그렇게 한 식경쯤 산을 내려가 마을 초입에 들어섰다.

마을에서는 그 어떤 도교의 흔적도 보이지 않아 정말 전진교 본산이 맞는지 의심이 갈 정도였다. 그나마 나무로 만든 비녀를 꽂은 속발(束髮, 상투 머리)의 모습에 그들이 도인이라는 것을 알 수 있었다.

길잡이는 대여섯 되는 초가 중 마을 가장 안쪽에 자리한 초가로 그들을 안내했다.

제법 큰 한 채와 자그만 두 채로 이루어진 초가였다.

은은한 향냄새로 미루어 큰 한 채가 상청궁(上淸宮), 그 뒤에 지어진 자그만 초가는 조사전(祖師殿)이라는 걸 유추해 낼 수 있었다. 그리고 옆으로 지어진 자그만 초가는 장문인실인 듯싶었다.

초가에선 아무런 인기척도 느껴지지 않았다.

"텃밭에 계신 듯합니다."

이런 일이 자주 있는 듯 길잡이는 그들을 데리고 초가 뒤로 향했다. 초가 뒤에는 자그만 텃밭이 하나 있었고, 그곳에 초로의 노인이 호미로 밭을 매고 있었다.

"장문인, 손님을 뫼시고 왔습니다."

길잡이의 말에 노인은 대나무로 엮은 갓을 들어 올려 일행들을 훑어보고는 자리에서 일어나 허리를 폈다.

"제자 진풍, 인사 올립니다."

하오문주가 장문인에게 예를 취했다.

"쯧쯧쯧."

장문인은 그런 하오문주, 진풍을 향해 나직하게 혀를 차다가 야현을 빤히 쳐다보았다.

"어디서 송장이 걸어 다니누?"

그는 이내 옷에 묻은 흙을 털며 구부정한 허리로 총총걸음을 내디뎠다.

"따라오시게."

장문인은 야현만 대동한 채 장문인실로 들어갔다.

초라하기 이를 데 없는 장문인실이었다.

이불 한 채도 없는 방 안에 있는 거라곤 자그만 좌탁 하나와 서책 몇 권, 등잔 하나가 다였다.

"내드릴 게 없으이. 물이라도 한잔 마시겠는가?"

"괜찮습니다."

야현은 방 안을 둘러본 후 장문인 맞은편에 앉았다.

"무량수불."

장문인은 야현을 빤히 쳐다보다 눈을 감고 도호를 읊었다.

두어 달 전 장문인은 평소처럼 하늘을 살피다 이곳을 비추는 별 하나를 보았다. 서쪽에서 자리를 옮겨 와 전진을 비추는 하나의 별.

어렴풋이 천기를 읽는 장문인이었지만 그 별에 대해서만큼은 읽지 못했다. 전진의 마지막 찬란한 별이 천체를 압도할 정도로 빛났지만, 정작 그 빛은 어둠보다 더 검었기 때문이었다.

죽은 별도 아니요, 살아 있는 별도 아니었다. 그런데 앞에 앉은 사내를 보니 알겠다. 사기와 생기가 혼탁하게 뒤섞여 있는 망자도 아니고, 그렇다고 산 자도 아닌 사내.

장문인은 눈을 뜨고 야현을 찬찬히 살폈다. 야현의 몸에서 풍기는 사기는 숨이 막힐 듯 지독했다.

분명 죽은 몸이다. 그런데 사기 속에 따사함이 있었다.

생기였다.

또한, 전진의 향이었다.

정대하기 이를 데 없는.

"소협은 누구신가?"

"야현이라 합니다."

"이름을 묻는 게 아닐세."

장문인은 고개를 저으며 다시 물었다.

"죽지도 살지도 않은 이가 눈앞에 있으이."

야현의 얼굴이 굳어졌다.

대해처럼 깊은 눈동자, 속을 헤아리기 어려운 눈동자였다.

"저주받은 몸입니다. 누군가는 축복이라 하지만."

야현은 쓴웃음을 지으며 속내를 드러냈다.

범접하기 힘든 저 눈동자가 이상하리만큼 포근하고 편했다.

그리고 속내가 절로 열린 이유는 단 하나.

전진이라는 단 두 글자 때문이었다.

야현은 정식 문도도 아니다.

또한 전진교에 발을 디딘 것도 처음이다.

하지만 전진은 그의 삶의 희망이었고, 그를 지탱해 준 뿌리였다. 즉, 마음의 안식처요, 또 하나의 고향이다.

"명줄이 보이지 않으니 범인들은 축복이라 칭할 만허이."

장문인은 그저 고개를 잠시 끄덕일 뿐이었다.

"전진의 무학이 속세에서 이어졌음이……, 무량수불. 어느 분께 사사하셨는고?"

중간에 잠시 눈을 감고 도호를 읊은 장문인이 물었다.

"교하 진인이라 합니다."

"교하……, 교하 진인이시라……"

반개하며 조용히 읊조리던 장문인의 눈이 화등잔처럼 커졌다.

진인이라 하면 도명을 받은 정식 문도라는 뜻. 문제는 전진교 역사상 교하라는 도명을 쓴 이는 단 하나.

전진교 부흥에 앞장선 전진 칠(七) 진인 중 일 인이자, 조사 왕중양에 이어 이 대 장문인이 된 장춘 진인 구처기의 막내 제자였다. 교하 진인은 지금으로부터 약 백오십여 년 전의 인물이었다.

'죽지도 살지도 못한 자!'

처음으로 장문인의 눈동자가 흔들렸다.

"……소협의 연치가 올해로 어찌 되시오?"

야현은 장문인을 보며 담담한 미소를 보였다.

"정확하지는 않지만. 올해로 아마 백일흔여섯인가 일곱인가 합니다."

장문인은 그 자리에서 일어나 정숙하게 예를 취하려 했다.

"전진교 이십 대 제자 송량이 사조를……, 읍!"

장문인, 송량의 몸이 다시 자리에 앉혀졌다.

거력의 힘에.

그리고 그 힘의 주체는 야현이었다.

"됐습니다. 본교 정식 제자도 아닙니다. 영감쟁이가 스승이라 부르는 걸 허락하지도 않았습니다."

"하오나 속가제자라 하더라도……."

착 가라앉은 야현의 눈매에 송량은 입을 다시 닫았다.

"어, 어떻게 사사하시게 되었는지 감히 제자가 물어봐도 되겠나이까?"

송량 장문인의 어투가 바뀌었다.

야현은 담담히 말을 이어 갔다.

"본인은 백오십여 년 전, 충무군(忠武軍)으로 징집되었습니다."

"충무군이라……."

자연스레 송량의 눈이 감겼다.

충무군. 그들의 고혼이 만들어 낸 붉은 낙화가 씨가 되어 찬란하게 피어난 것이 현 무림이었으니.

때는 지금으로부터 백오십여 년 전.

몽골 제국 제이 대 대칸이자 원 태종인 오고타이는 태조 칭기즈칸의 뜻을 이어 서방 정복을 천명했다. 그리고 태동하여 막 성장하는 무림에 하나의 황명을 내렸다.

무림인의 도검 소지를 허락하며, 무림을 인정하는 조건으로 전진교를 비롯한 무림 문파들에게 병력을 차출하라는 것이었다.

당연히 무림은 그 황명에 따라 각 문파의 규모에 맞게 제자

들을 군으로 보냈고, 그들은 충무군이라는 깃발 아래 황군이
되었다.

그리고 충무군은 선봉에 서, 서역을 정복하고 서방으로 진
격했다.

하지만 서방에서 미지의 군대와 치열한 전쟁을 벌인 끝에 양
패구상, 한 명의 생존자 없이 충무군 모두 고혼이 되어 버렸다.

송량이 다시 눈을 떠 야현을 쳐다보았다.

표정은 없었지만 그의 표정이나 눈은 참으로 마음을 편하게
만들었다.

"본인은 사형 집행을 앞두고 충무군 소속 군노로 징집되었
소. 살아야 했기에."

정확히 기억이 나지 않는다.

야현은 채 열 살이 안 된 어린 나이에 역병으로 부모를 잃고
고아가 되었었다. 그리고 살기 위해 배수가 되었다.

오로지 살기 위해 악착같이 살아가던 어린 날.

비록 배수 짓으로 질긴 목숨을 연명하고 있었지만 아주 끔
찍한 나날들만 있었던 건 아니었다.

소소하지만 행복도 있었다.

싸구려 화주 한잔에 행복을 느꼈었고, 첫사랑에 가슴도 설
었으니.

그런 소소한 행복도 그리 오래가지 않았다.

배수뿐만 아니라 뒷골목을 전전하는 하류 인생들의 최후가 비참한 것은 당연한 귀결이었고, 모두가 그리되리라는 것을 알며 살아간다.

다만 야현에겐 남들보다 그런 날이 빨리 왔을 뿐이었다.

홀로 저잣거리를 두리번거리던 어수룩해 보이는 젊은 여인의 전낭을 털었는데, 하필 그녀가 고관대작의 고명딸이었던 것이다. 또 그 전낭 안에 일찍 여읜 어머니의 유품마저 있었으니 난리가 난 것은 자명한 일.

결국 일벌백계로 사형이 선고되었지만 꼭 죽으라는 법은 없는 듯, 서방 정벌군 군노가 되는 조건으로 모진 목숨을 이어갈 수 있었다.

그렇게 야현은 서방 정벌군 휘하 충무군 소속 전진교의 군노로 편입되었다.

독기로 살아온 세월.

그 독기가 전장이라고 사라질 리 없었다.

아니, 독기는 더욱 극렬해졌다.

전장에서 가장 먼저 죽는 이들은 약한 자들이다.

당연히 군노들의 목숨이 제일 먼저 사라졌다. 하지만 뒷골목에서 살아남기 위해 배운 칼 짓으로 어떻게든 살아남으려 발악했고, 결국 살아남았다.

수년이나 이어진 전쟁.

전장에서 무림인들이 서방의 철제 갑옷으로 온몸을 두른 기사라고 불리는 무인들과 마법이라는 사술을 부리는 마법사, 그리고 요물들에게 고전을 면치 못하고 하나둘씩 죽어 나갈 때에도 야현은 끝끝내 살아남았다.

교하 진인은 무림인들도, 훈련을 받은 정예 군인들도 죽어 나가는 곳에서 지독하리만큼 살아남으려고 하는 군노인 야현에게서 측은지심을 느꼈는지 몇 가지 가르침을 내려 주었다.

대단한 것은 아니지만 그렇다고 구하고자 한다고 구할 수 있는 것도 아닌, 전진교의 기본이자 바탕이 되는 현문정종심법(玄門正宗心法)과 투박하지만 전진교의 기본 공인 몇 가지 무공을 가르쳐 주었다.

끝으로 살아 돌아가라는 말을 덧붙여 주었다.

야현은 느꼈고, 알고 있었다. 그 가르침과 말은 적선과 그다지 큰 차이가 없는 측은지심에 지나지 않는 것임을.

그러나 그에겐 그저 측은지심에서 비롯한 적선이었다 할지라도 야현에겐 아니었다.

한 줄기 구명줄이나 다름없었다.

아사 직전에 구걸하는 걸인에게 던져준 구리 몇 문이 부자에게는 아무것도 아니지만, 걸인에겐 다시 삶을 이어갈 수 있게 해 주는 젖줄인 것처럼 말이다.

야현은 밤낮, 그리고 침식(寢食)을 잊은 듯 교하 진인이 가르쳐 준 전진교 기본 심법인 현문정종심법과 기본 공을 지독하리만큼 수련하고 또 수련했다.

비록 기본 공이라도 전진의 무공은 전진의 무공이었다.

전장에서 죽을 고비가 줄고, 몸에 상처가 줄었다.

사람은 서 있으면 앉고 싶고, 앉으면 눕고 싶어 한다.

야현도 매한가지.

교하 진인을 찾아가 더 무공을 가르쳐 달라고 바짓가랑이를 잡고 애원을 해 보기도 하고, 욕을 퍼부으며 패악질도 서슴지 않았다.

그때마다 교하 진인은 야현을 강제로 앉혀 놓고 도교 법문을 읽어 주었다. 그런 후에야 야현의 기본 공 수련을 봐주었다. 그렇게 조금씩 함께하는 시간이 늘어 갔다.

시간이 흐르며 교하 진인의 가르침이 적선이 아닌 순수한 따뜻함에서 비롯되었음을 알게 된 야현은 여전히 도교 법문은 귀에 담지 않았지만 교하 진인을 성심껏 모시기 시작했다.

그렇게 시간은 흘렀다.

그리고 생각지도 못한 격한 전투가 발발했다.

야현이 그 여파를 피하지 못하고 죽음을 마주한 순간, 교하 진인은 야현을 구하려다 중한 상처를 입었다. 그리고 야현의 품에서 죽어가며 말했다.

"반드시 살아 돌아가거라."

이미 들었던, 그 말의 반복.

하지만 달랐다.

처음에는 적선처럼 던진 말이겠거니 했으나, 이젠 그 말에 진심이 담겼음을 느낄 수 있었다.

"스승님……."

교하 진인은 힘없이 웃음을 보였다.

"너는 도문과 인연이 없는 아이다. 그래도 너는 내 제자다."

마지막으로 따뜻한 눈길과 목소리로 말해 주었다.

교하 진인은 떨리는 손으로 품에서 세 권의 책자를 힘겹게 꺼냈다.

"마지막 부탁이 있다. 이 서책을…… 본교로……."

말소리를 알아들 수 없을 정도로 교하 진인의 생기는 사라지고 있었다.

"전해다……오."

그 말을 끝으로 교하진인의 목이 힘없이 처졌다.

과거의 기억으로 인해 야현의 눈에 붉은 습막이 차올랐다.

야현은 송량이 볼세라 손가락으로 재빨리 눈에 들어선 물기를 닦았다. 엄지와 검지에 묻은 눈물은 피처럼 붉었다. 아니, 피였다.

제2장

언제 본인이 홀로라고 했습니까?

야현은 장문인 송량 앞에 두 권의 서책을 내밀었다.

현문정종(玄門正宗) 선천공(先天功).
전진(全眞) 진무(眞武).

전진교 핵심 비전 무공서였다.

서책에 적힌 제목을 읽은 송량의 눈동자가 흔들렸다. 마음
이 흔들린 탓이다.

"무량수불."

송량은 눈을 감고 도호를 읊으며 흔들리는 마음을 다스렸

다.

"사조께서는 이 두 서책이 무엇인지 아시는지요?"

"편히 야 소협이라 불러 주십시오."

"……그리하겠습니다."

송량은 잠시 망설이다가 고개를 끄덕였다.

"이제껏 몰랐지만 지금은 조금 알 듯싶습니다."

중원으로 들어와 수 명의 피를 흡혈했다.

더욱이 며칠 전, 혈웅인을 비롯해 네 고수의 피를 모두 흡혈했다. 그로 인해 딸려온 상당량의 단편적 지식, 비록 띄엄띄엄이지만 이제는 대략 서책에 적힌 제목을 읽을 수 있었다.

"전진의 진신 절학입니다. 조사 왕중양께서 토대를 쌓고, 전진 칠자께서 완성하신 무학입니다."

야현은 송량의 말에 묵묵히 고개를 끄덕였다.

송량은 손을 뻗어 무공서를 펼쳐 훑었다.

"손때가 묻어 있어 탐독하신 줄 알았더니 그게 아니군요."

무공서 안 책장은 매우 깨끗했다.

"중원에서 배우지 못해 한자를 읽지 못합니다."

"지금은 아닌 듯싶습니다."

"겨우 훑어볼 수 있을 뿐 정독할 정도는 안 됩니다."

탁.

송량은 서책을 덮고 그걸 야현에게 다시 내밀었다.

"마음으로만 받아들이겠습니다. 다시 넣어 두십시오."

야현은 그 서책을 받지 않고 송량을 바라보았다.

"이유를 물어봐도 되겠습니까?"

"전진은 세상에 잊혔습니다. 업보가 큰 탓이지요. 무량수불."

"……?"

"물론 본교의 진신 절학이라면 옛 영광을 찾을 수 있을 겁니다. 전진은 현 무림 도가의 종주이니까요. 하지만 그러려면 많은 피를 흘려야 할 것입니다. 굳이 전진이 아니더라도 민초를 보듬어 줄 도관은 많습니다."

송량의 얼굴은 편안했다.

모든 것을 내려놓은 초탈함 그 자체였다.

"이 나이를 먹으니 부끄럽게 천기를 조금 엿볼 수 있습니다. 죄송합니다."

야현 앞에서 나이를 언급한 것이 부끄러운 듯 허리를 숙였다.

"괜찮습니다."

"세상에 잊혔으니 하늘도 이제 전진을 허락하지 않습니다."

멸문을 말하는데도 송량의 얼굴엔 일말의 슬픔이나 동요도 없다.

"그래도 마지막 찬란한 별을 보게 되어 소손, 여한이 없습니다."

담담한 웃음기.

"마지막 별이라고 하셨습니까?"

"찬란한 별 하나가 전진을 비추고 있습니다."

"……."

"다만 자그만 염려가 있어 한 말씀 올릴까 합니다."

야현은 미약하게 고개를 끄덕여 허락했다.

"찬란한 별이지만 묵성(墨星)입니다. 묵성은 어둠에 잡아먹힐 운명입니다. 하지만 길고 긴 어둠을 이겨낸다면 그 어느 별보다 빛날 것입니다."

송량은 두 무공서를 야현 앞으로 좀 더 가까이 내밀었다.

"어둠을 이겨내는 데 많은 도움이 될 것입니다."

"흠……."

야현은 무공서를 내려다보며 작게나마 침음했다.

그의 천기를 보는 혜안은 놀라웠다.

자신은 어둠에 잡아먹혔었다. 어둠의 일족인 뱀파이어가 되었으니. 그런데도 오롯이 인간성을 유지할 수 있었던 건 현문정종심법과 기본공 덕이었다.

'아직 어둠이 끝나지 않은 것인가?'

쓴웃음과 함께 야현은 고개를 들어 송량을 바라보았다.

"그리하겠습니다."

야현은 두 무공서를 받아 아공간에 넣었다.

"그만 살펴 가십시오."

찾아온 용건이 끝났으니 딱히 나눌 대화거리도 없었다.

"그럼 평안하십시오."

야현은 자리에서 일어났다.

방에서 나오자 사위로 짙은 어둠이 내려앉아 있었다.

"가자."

야현은 방문 밖에서 대기하고 있던 베라칸과 함께 전진교 본교, 아니 그 이름을 버렸으니 그저 자그만 산골 마을이라고 불러야 할 그곳을 벗어났다.

갈 때는 길을 몰라 길잡이를 대동했지만 이미 한 번 온 길이니 편히 길을 떠날 수 있었다. 또한, 올 때와 다르게 야현과 베라칸은 빠르게 협곡을 벗어났다.

자정이 가까워질 무렵 야현과 베라칸은 북경에 들어섰다.

야현은 만금장이 아닌 근처 주루로 향했다.

주루 상층 적당한 곳에 자리를 잡고 앉은 야현은 조용히 술잔을 기울였다.

전진교 장문인 송량을 만난 후 마음이 싱숭생숭해졌기 때문이었다.

허망하다고나 할까?

다시 숨 쉴 생각 않고 스스로 죽어 가는 전진교를 보자 씁쓸한 마음이 들었다.

'영감, 알지? 본인이 해 줄 수 있는 게 없다는 거.'

야현은 맞은편 빈 술잔에 술을 채웠다.

'영감도 술 한잔 마시고 툴툴 털어.'

이율배반적이지만, 마음 한 편이 편안한 것도 사실이었다.

송량과의 대화가 그런 마음을 들게 한 것이다.

적적하게 자작을 하고 있을 때, 한 중년 사내가 올라왔다.

그는 야현 뒤에 서 있는 베라칸을 흘깃 쳐다본 후 근처 탁자에서 홀로 술잔을 기울이는 장년 사내에게로 향했다.

"어찌 되었느냐?"

야현과 베라칸이 신경 쓰였는지 목소리를 낮췄다.

"흔적조차 찾지 못했습니다."

"흠!"

깊은 침음.

작게 나누는 대화였지만 야현의 귀에 선명하게 들렸다.

"하오문의 동태는?"

"며칠 우왕좌왕하더니 새로운 문주가 빠르게 수습을 하고 있습니다."

야현은 둘이 하오문을 거론하자 그들의 대화에 귀를 기울였다.

"새로운 문주라. 누구냐?"

"아직 파악되지 않고 있습니다."

중년 사내의 보고에 장년 사내는 낯을 찌푸렸다.

"마교나 사도련은 어찌하고 있나?"

"그들도 적잖게 당황한 눈치였습니다. 북경이라 대놓고 움직이지는 못하지만 저마다 상황을 파악하기 위해 분주한 모습들이었습니다."

"마교와 사도련의 짓도 아니란 뜻인데……."

"……."

"참으로 곡할 노릇이군. 그토록 감쪽같이 증발하다니."

"더 이상 확인할 방도도 없습니다, 단주님."

"알아. 아니까 답답한 것이야."

그들의 대화를 들은 야현의 입가에 미소가 지어졌다.

흑오는 자신이 신경을 쓰지 않아도 하오문을 잘 수습하고 있었다.

"남궁세가의 꼴이 우습게 되었군."

남궁세가.

"새롭게 하오문에 끈을 대 봐."

"끈을 대기에는 좀 더 시간이 필요할 듯싶습니다. 하오문 내부도 아직 어수선하여 누구를 포섭해야 할지 파악이 안 됩니다."

"끄응."

장년 사내는 앓는 소리를 삼켰다.

"개방을 가진 오파일방이 확실히 부럽군. 최소 인원만 제외하고 철수시켜."

"알겠습니다."

"당분간 은신시켜 놔."

"그리고 조금 전 모용세가가 북경에 들어섰습니다."

"이 일로 황보세가에서 가주 회합이 잡혔다."

"본가가 아니구요?"

"일이 틀어졌으니 어쩔 수 없는 노릇이지. 회합에서 결정이 되면 곧 지침이 내려올 것이야."

"대신 본가의 폭이 줄어들겠군요."

"젠장!"

더는 들을 것이 없어 야현은 자리에서 일어났다.

적적함이 깨졌지만 그다지 나쁘지는 않았다.

주루를 나선 야현은 천상객잔으로 향했다. 만금장을 손에 넣었지만, 하오문의 일도 그렇고 여전히 어수선하여 어느 정도 정리가 되면 옮길 생각이었다.

천상객잔으로 들어서자 초영이 다가왔다.

"모용세가 가주께서 기다리고 계십니다."

"본인을?"

반문하는데 모용휘가 반가운 얼굴로 다가왔다.

"야 소협."

"오랜만이라고 하기엔 날들이 그다지 길지 않군요."

"세가에 일이 생겨 그리되었다오."

"그렇습니까?"

야현은 모른 척 미소를 지으며 인사를 건넸다.

"그런데 이분은……."

모용휘가 야현의 뒤에 서서 묵직한 기운을 발산하는 베라칸을 보며 물었다.

"본인의 호위 무사입니다."

"그럼 서방에서의?"

"그렇습니다."

호위 무사라고 하니 모용휘는 베라칸에게 포권을 취했다.

"모용휘라 하오."

"배라한이오."

그에 맞춰 베라칸도 정중히 자신을 소개했다.

어차피 둘 사이에 나눌 대화도 없으니 모용휘는 바로 야현에게 용건을 말했다.

"아버지께서 찾으시오."

모용휘가 한쪽 눈을 찡그렸다.

모용란의 일로 보자는 뜻일 터.

"별채로 모셨어요."

초영이었다.

"잘했습니다. 가시죠."

야현은 모용휘와 함께 별채로 향했다.

별채 곳곳엔 스물 남짓한 모용세가 무인들이 엄준하게 경비를 서고 있었다.

"객의 입장으로 할 말은 아니지만, 이해 바라오."

미안한 표정으로 모용휘가 나직하게 말했다.

"괜찮습니다."

반백의 장년 사내가 별채 정자에 홀로 앉아 차를 마시고 있었다.

모용세가 가주 모용곽이었다.

야현은 정자에 올라섰다.

"야현이라 합니다."

모용곽의 시선은 자연스레 베라칸에게 잠시 머물렀다가 야현에게로 돌아왔다.

"앉게."

선비처럼 곧게 앉아 있는 모용곽은 야현의 인사를 받으며 자리를 권했다. 그리고 아무 말 없이 야현을 뚫어져라, 쳐다보았다.

야현은 부드러운 미소로 담담하게 그의 시선을 받으며 여유롭게 빈 찻잔을 자신의 앞으로 끌어와 차를 따랐다.

야현은 따끈한 차를 한 모금 마신 뒤 찻잔을 내렸다.

"하실 말씀이 있어서 본인을 부르신 거 같은데, 아니십니까?"

야현은 아무 말 없이 자신을 바라보고 있는 모용곽을 향해 미소를 지어 보였다.

"배포도 그만하면 괜찮고. 휘의 이야기를 들으니 팽가주와 기세 싸움을 할 정도라니 무위도 그만하면 빼어나고. 혈혈단신이라고?"

"그렇습니다."

야현은 찻주전자를 들어 모용곽의 빈 잔을 채웠다.

"그럼 별다른 신경을 쓸 건 없겠군."

모용곽은 야현이 따라준 찻잔을 들었다.

"들어오게."

앞뒤 다 자른 말.

"어디로 말씀이신지?"

"둘 다 적지 않은 나이이니 가능한 한 빨리 날을 잡도록 하게. 혼례를 치르고 본 세가로 들어오란 소리일세."

데릴사위가 되라는 의미였다.

"알아들었으리라 생각하네."

"그 부분은 본인과 모용 낭자가 결정하겠습니다."

그다지 표정의 변화가 없던 모용곽의 얼굴에 처음으로 변화가 생겼다. 모용곽은 미간을 슬쩍 찌푸리며 야현을 쳐다보았다.

"모용 낭자에게 좋은 감정을 가진 것은 사실이나 아직까지 본인은 혼사의 의사가 없습니다. 그리고."

"그리고?"

모용곽의 목소리가 낮아졌다.

"설사 혼인을 한다 해도 데릴사위는 사양합니다."

모용곽과 달리 야현은 여전히 부드러운 미소를 짓고 있었다.

"본인의 기반은 이곳이 아닌 서방입니다."

이어진 야현의 말에 모용곽의 시선이 다시금 베라칸으로 향했다가 돌아왔다.

"서방에서 왔다는 소리는 들었네. 서방으로 돌아갈 생각인가?"

"그렇습니다."

"그렇다면 혼례를 허락하지 못하네."

"그리하지요."

야현의 대답은 너무나도 쉽게 나왔다.

그러자 모용곽의 눈매가 굳어지며 은은한 기세가 뿜어져 나와 야현을 억눌렀다.

"연정이 장난이었단 소리인가?"

"크르르!"

동시에 베라칸이 한 걸음 내디디며 살기를 폭사시켰다.

야현은 손을 들어 베라칸을 제지하며 여유롭게 찻잔을 들었다.

"좋은 감정도 사실이고, 가벼이 생각한 적도 없습니다. 그러니 그만 기세를 누그러트리시지요."

"세 치 혀로 놀아날 만큼 본가가 우습더냐?"

"모용 낭자를 봐서라도 피를 보고 싶지 않습니다."

"그럴 깜냥이나 되고?"

"안 된다 보십니까?"

야현의 미소가 진해졌다.

"본가는 진주언가와 다르다."

"다르지요. 달라도 변하지 않습니다."

"겁이 없구나."

기세에 살기가 담겼다.

"그래 보이십니까?"

야현의 입술 한쪽이 말려 올라갔다.

"아버지! 야 소협!"

모용휘가 당황하여 둘을 말렸지만, 둘은 서로를 향한 시선을 거두지 않았다.

"본가가 네 한 놈 못 죽일 줄 아느냐?"

야현은 피식 웃음을 터트렸다.

"무언가 착각하신 모양이십니다. 언제 본인이 홀로라고 했습니까?"

야현은 반지를 매만지며 말을 이었다.

쿵!

그때 기의 파장과 함께 검은 빛이 정자 앞에서 터져 나왔다.

"우히히히히!"

그리고 터져 나온 괴소.

카이만이었다.

관망만 하던 모용세가 무인들이 갑작스레 카이만이 모습을 드러내자 재빨리 칼을 뽑아들며 정자를 에워 감쌌다.

"막아!"

야현의 짧은 명에,

"키키키키키!"

"키이이이이!"

스켈레톤들이 땅거죽을 뚫고 나와 모용세가 무인들을 가로막았다.

"헙!"

"헉!"

곳곳에서 헛바람이 터져 나왔다.

"가, 강……시?"

이어진 경악성은 단호하지 않았다.

강시라고 하기엔 스켈레톤의 모습이 너무나도 괴이하므로.

놀란 것은 모용곽도 매한가지.

"······!"

모용곽은 야현을 향한 매서운 기세는 남겨둔 채 손을 저었다. 무언의 명이었지만 모용세가의 무인들은 기세를 지우며 뒤로 물러났다.

"우히히히!"

카이만도 지팡이를 찍어 스켈레톤들을 다시 땅으로 돌려보냈다.

"저 치도 자네의 수하인가?"

"그렇습니다."

일단락된 것 같지만 둘 사이의 팽팽한 기세는 더욱 극렬해졌다.

"마음에 안 들어."

"그래도 어쩔 수 없습니다."

"알아."

모용곽의 말이 하대로 바뀌었다.

"결혼하게."

야현의 눈썹이 묘하게 뒤틀렸다.

"아직 결정된 바 없습······."

"해! 죽고 싶지 않으면."

"……."

"내 말에 따르지 않는다면 본가가 무너지든 자네가 죽든 둘 중 하나야. 도망치려면 어디 쳐 봐!"

모용곽은 허리를 숙여 야현에게 얼굴을 가져갔다.

"이 땅끝까지 쫓아가서라도 네 녀석의 멱을 따버릴 것이다."

협박도 아닌 협잡질.

일가의 가주가 맞나 싶었다.

처음 인상은 고고한 선비처럼 보였다.

꼿꼿하게 세운 허리.

잘 정돈된 반백의 수염.

정갈한 옷차림.

대화를 나눌 때까지는.

냉정할 줄 알았던 모용곽은 알고 보니 다혈질의 사내였고, 노기가 치밀면 앞뒤 가리지 않고 저돌적으로 달려드는 성정이었다. 더불어 지독하리만큼 뜻한 바를 이루고야 마는 그런 독불장군이었던 것이다.

"끄응!"

야현의 미소가 어색해졌다.

"그리고!"

반대로 모용곽의 목소리는 더욱 거칠어졌다.

"십 년, 아니 오 년, 아니, 삼 년에 한 번씩 꼭 들르고."

모용곽은 조급한 기색을 그대로 드러내며 연거푸 말을 바꾸었다.

심지어 극도의 팔불출이기까지 했던 것이다.

난감함에 야현은 난처한 표정으로 뺨을 긁으며 기세를 지웠다. 그에 맞춰 모용곽의 기세도 사라졌다.

"시간이 필요하다니 날짜는 야 서방이 결정해."

한 발 물러서 주는 모용곽.

그러나 문제는 야현을 부르는 호칭이 바뀌었다는 것이다.

알고 보니 모용란의 직설적인 성격은 모용곽의 피를 타고나서였다.

"뭐 하나? 술상 가져오지 않고."

모용곽은 걸걸한 목소리로 소리쳤다.

"하아—."

저도 모르게 흘러나온 한숨.

야현은 자신이 언제 이런 한숨을 쉬어본 지 기억조차 나지 않았다.

"우히히히……."

순간의 정막.

홀로 어정쩡하게 서 있는 카이만의 어색한 괴소만이 별채에 울릴 뿐이었다.

제3장

그다지 상관없습니다

탁.

모용곽이 술잔을 내렸다.

"이보게, 사위."

"말씀하시지요."

야현은 별다른 표정 없이 대답했다.

"칼춤 한번 추겠는가?"

"……?"

야현의 시선에 모용곽이 호방한 미소를 드러냈다.

"술 한잔에 칼이 빠질 수 있나? 진주언가 가주를 죽인 칼춤 한번 보세."

모용곽이 자리에서 일어나 정자 앞마당으로 성큼성큼 내려 갔다.

"조심해야 할 겁니다. 술자리에서의 비무라 할지라도 아버지 의 검은 매섭습니다."

모용휘가 나직하게 속삭였다.

"안 내려오고 뭐 하나?"

모용곽의 걸걸한 외침.

탁.

야현도 잔을 비우며 자리에서 일어났다.

"제 검도 제법 매섭습니다."

야현이 내려가고 정자에 홀로 남은 모용휘는 나직하게 한숨 을 내쉬며 앞마당으로 시선을 돌렸다. 야현의 기세를 한 번 본 적이 있었지만, 그의 실질적 무위는 처음이기 때문이었다.

스르릉!

얇은 검신이 모습을 드러냈다.

모용세가의 검, 세검이었다.

검 자체는 투박하나 모닥불에 반짝이는 검신은 날카롭기 그지없었다.

무림에 절대자라 불리는 이들이 있다.

누가 무림의 진정한 강자이자 절대자인가?

그 물음은 무림 태초부터 시작된 것이다. 그 의문에 종지부를 찍은 이가 있었으니 바로 무림인으로 살아가되 무인이 아닌 만박자 초량이었다.

만박자 스스로도 호기심을 풀기 위해 천하를 돌았다.

십여 년의 장정 끝에 무림을 향해 그가 입을 열었다.

"넓은 이 땅에 열 명의 절대자가 있으니, 일존(一尊), 일제(一帝), 이왕(二王), 이성(二星), 삼재(三才). 일위(一衛)라……."

만박자 초량은 마교 교주 천마 천지악을 일존으로, 이어 사도련주 사제 도학을 일제로 추대했다.

천하가 수긍했다.

오연한 위치이나 마교 교주와 사도련주라면 그 이름값이 부족하지 않다 여긴 것이다.

이왕의 자리는 오파일방에서 나왔다.

소림사의 백료를 이왕 중 권왕(拳王)으로, 무당파 원로 옥양 진인을 검왕(劍王)으로 추대한 것이다.

일존과 일제와는 달리 천하가 수군거렸다.

전혀 무림에 알려지지 않은 이들이었기 때문이었다.

옥양 진인은 원로이고 무당파의 무공 자체가 워낙 대기만성(大器晚成)의 도학이기에 천하는 감탄하며 '역시 무당이다'라고 납득하였으나 소림사의 백료는 아니었다.

승적에도 그 이름이 없는 백료라는 승명 때문이었다.

아울러 무당파와 달리 소림사는 아무런 입장도 표명하지 않았다. 그저 천하가 백료에 대해 물었을 때 담담한 미소만 지었다고 한다. 초량 역시 그에 대해서는 더는 입을 열지 않았다.

이왕이 오파일방에서 나왔으니 이성의 자리는 오대세가의 것이었다.

검성(劍星)에 오대세가 중 남궁세가 전대 가주인 남궁기를, 독성(毒星)에 사천당가 가주 당한경을 올려놓았다.

당연한 추대.

이왕 이성까지 정해졌으니 천하의 이목은 천(天), 지(地), 인(人)으로 나뉜 삼재로 향했다.

천의 자리에 천학(天學)이라 하여 초량 본인을 올려놓았고, 인(人)에 낭인과 용병들의 왕이라 불리는 낭두를 인협(人俠)으로, 천하를 홀로 다니는 독객(獨客), 권람을 지객(地客)의 자리에 올렸다.

천의 자리에 오르기 전에도 만박자라 하여 천하에 그의 머리를 따를 자가 없다 여겨지던 초량이었으니 의문의 여지가 없었다.

낭두가 인협의 자리에 오르자 수많은 낭인들과 용병들이 환호와 쾌재를 불렀으며, 권람이 지객의 자리에 오르자 수많은 독객들이 묵묵히 그를 지지했다.

이제 남은 마지막 일 인.

초량은 그의 이름조차 전하지 않았다.

그럼에도 천하는 고개를 끄덕일 수 있었다.

일위 자리의 주인은 당금 황제 숨은 칼, 수신 호위였기 때문이었다.

열 명의 절대자 자리에 이견은 없었으나 조용한 반론은 있었다. 그 자리에 들지 못한 것이 못내 아쉬운 강자들이 즐비했기 때문이었다.

그래서일까, 초량 역시 나직하게 한숨을 내쉬었다고 한다.

애초에 초량은 십 인이 아닌 이십이 인이나 삼십삼 인을 생각했었다고 한다.

허나 십 인이 된 이유는 단 하나.

무림 방파의 특성 때문이라 했다.

일존 아래 사마(四魔)의 자리에 마교 사대 호법을 염두에 두었으나 그들은 어찌 주군과 함께 이름을 나란히 할 수 있냐며 스스로 물러났다고 하였다. 아울러 사도련의 장로들인 사귀(四鬼) 또한 그러했다.

그렇다 보니 여러 명사(名士)들의 이름 역시 자연스레 빠지게 된 것이라 했다.

그때 잠깐 언급된 이들이 마교의 사마, 사도련의 사귀, 그리고 모용세가의 가주 모용곽, 하북팽가 가주 팽일로, 소림사 나한전주 굉허, 그리고 제갈세가 장녀 제갈지소였다.

모용세가 가주 모용곽.

모용세가는 변방에 위치한 만큼 무림에서의 실질적 활동은 미미했다. 그렇기에 천하는 모용세가의 저력에 놀랐고, 하북팽가 가주 팽일로의 이름에 과연 무림과 황실 군을 아우르는 절대 가문의 가주라 엄지손가락을 치켜세웠다.

소림사의 이름이 한 번 더 거론되자 '천하공부출소림(天下功夫出小林)'이 괜히 나온 말이 아니라는 것을 실감했다.

여기서 놀라운 것은 제갈세가의 장녀 제갈지소의 이름이 들어 있다는 것이었다.

초량은 입을 닫았으나 천하는 사마와 사귀를 제외한 네 명을 사패(四覇)라 부르기 시작했다.

모용세가를 시작으로 거론한 순서에 따라 검패(劍覇), 도패(刀覇), 권패(拳覇), 지패(知覇)라고 부르며, 초량의 의도와는 달리 천하는 십 인의 절대자 뒤에 사마, 사귀, 사패를 둔 것이었다.

천하는 이왕지사 시작한 거 무림 비방록(比方錄)을 작성하자고 입을 모았으나 초량은 고개를 저었다.

강호 무림에 분란을 일으키고 싶지 않다며 자리를 뜬 것이다. 그러면서 마지막 말을 덧붙였다.

이것이 절대적이라 믿지 마라.

본인이 신이 아님에 천하를 모두 보지 못했다.

더욱이 오파일방에서 나온 이름이 적다고 오대세가 아래 두지도 마라. 그들의 저력은 나로서도 파악하지 못했으니. 오파일방의 진정한 강자는 은거해 있음이니…….

$$* \qquad * \qquad *$$

야현이 모용곽 앞에 선 이유는 단 하나.

비록 십 인에 밀려 차기라 하나 모용곽 역시 사패의 한 자리를 차지하고 있는 절대자들 중 한 명이기 때문이었다.

그를 기준으로 자신의 위치를 가늠하고자 한 것이다.

"사패 중 검패라 들었습니다."

야현은 아공간에서 야월을 꺼냈다.

"생각하시는 실질적 서열은 어찌 되십니까?"

"껄껄껄."

모용곽은 너털웃음을 지었지만 눈빛은 차갑게 번뜩였다.

"이기면 가르쳐줌세."

영원히 알지 말라는 뜻.

"그러면 이겨야겠군요."

야현은 기수식을 취하며 흉포한 기운을 폭사시켰다.

"가볍게, 가볍게 하세."

말만 부드러웠다.

단숨에 뛰어나가는 모용곽의 기운은 생사투라 해도 과언이
아닐 정도로 광폭하기 그지없었다.

캉캉캉—

모용곽의 세검이 야현의 목을 노리고, 야현은 그 검을 흘리
며 모용곽의 다리를 노렸다. 완벽하게 모용곽의 다리를 점했는
데 과연 사패에 이름을 올린 강자답게 그는 야현의 야월을 막
아 냈다.

단숨에 삼 합이 오갔다.

"허허! 재주가 놀랍구나."

순간 모용곽의 검이 바닥을 쓸었다.

투두둑!

자잘한 흙먼지가 야현의 얼굴에 뿌려졌다. 야현의 눈에 흙먼
지가 들어가며 찰나지만 시야가 가려졌다.

쐐애애액!

날카로운 기운이 야현의 가슴을 베어 들어왔다.

자칫 가슴이 베일 상황.

야현의 머릿속에 불덩이가 떠올랐다.

진혈의 권능.

불의 권능!

화르르륵!

시뻘건 불덩이가 모용곽 얼굴 앞에 뜨거운 열기를 토해 냈다.

"헙!"

모용곽은 갑작스럽게 얼굴을 덮친 불덩이에 헛바람을 들이마시며 뒤로 물러나야 했다. 하지만 그의 얼굴은 이미 열기로 화끈거리고 있었고, 수염이 그을린 듯 노린내가 풍겨왔다.

수염을 쓰다듬으니 윤기는 없고 푸석함이 느껴졌다. 그리고 불에 그슬린 수염 수십 가닥이 손바닥 안에서 부서졌다.

"이, 이!"

모용곽의 얼굴은 단숨에 붉게 달아올랐고, 그슬린 수염은 부들부들 떨리고 있었다.

"사위의 손이 매섭구먼."

모용곽은 그사이 시야를 다시 찾은 야현을 보며 일그러진 미소를 짓고는 신형을 날렸다.

그와 동시에 날카로운 일갈을 터트렸다.

"뒈져 버렷!"

마치 불구대천의 원수라도 만난 듯 모용곽의 기세는 매서웠다. 그의 검에는 검강이 맺혀 있었다.

쾅!

검강이 만든 폭음은 고막을 찢을 듯 광폭했다.

'……!'

검과 검이 맞부딪힌 순간, 모용곽은 눈을 부릅떠야만 했다.

검강을 담은 세검이 막힌 것이다.

아무런 기운도 담지 않은 야현의 야월에.

쾅쾅쾅쾅!

게다가 단순히 막은 것이 아니었다. 오히려 검강을 거스르며 맞서온 것이다.

그 힘이 얼마나 대단했던지 모용곽의 손아귀가 저릿할 정도였다.

"으허허허! 우리 사위가 잘났군! 잘났어!"

시원한 웃음을 터트리는 모용곽, 그러나 눈빛은 그러하지 않았다.

"그러니까 그만 뒈져 버렷!"

모용곽은 더욱 날카롭게, 더욱 매섭게, 더욱 광폭하게 야현을 몰아쳐 갔다.

쾅쾅쾅쾅쾅!

야현은 아슬아슬하지만 모용곽의 검을 착실하게 막아갔다.

"으하하하하! 이래도 안 죽나 보자!"

모용곽의 기세가 한층 거칠어지며 사방으로 검이 쏟아져 들어왔다.

모용곽이 아무리 다혈질이라지만 앞뒤도 가리지 않고 검을 휘두를지는 예상 못 했다.

야현은 모르고 있었다.

검패 모용곽의 또 다른 별호가 미칠 광(狂) 자를 사용하는 광패임을.

구오오오오!

모용곽의 공세가 워낙 거세 자칫 중상으로 이어질 수 있는 상황. 야현도 자신의 기운을 더욱 끌어올렸다.

쏴아아아아—

둘의 기운이 서로 부딪치자 태풍이라도 들이닥친 듯 주변으로 매서운 바람이 휘몰아쳤고, 그 여파로 나무가 부러지고, 비석이 바람에 날려 돌담에 부딪혔다.

야현은 갈수록 더욱 거세지는 모용곽의 기운에 표정이 사라졌고, 모용곽 역시 애써 놀라움을 감춰야 했다.

"마지막 일 검으로 마무리하자, 사위."

야현은 묵묵히 고개를 끄덕이는 걸로 그 제안을 받아들였다.

풍경이야 살벌했지만, 둘 다 수발에 여유를 두고 있었다. 하지만 이 이상 나아간다면 종지엔 마음대로 검을 거둘 수 없게 된다.

생사대적이 아닌 이상에야 극한까지 갈 이유도 없었다.

"마지막 한 수는 양보해 주시게, 사위."

모용곽의 자세가 낮아졌다.

"한 대만 처맞아라!"

모용곽의 신형이 그 자리에서 사라졌다.

쑤아아아악!

검강이 더욱 날카로워지는 것으로도 모자라 그 힘이 한 점으로 응집되었다.

검강을 넘어선 검환(劍丸)!

야현의 붉은 동공이 커지는 동시에 흔들렸다.

서방 무인의 최고 경지가 흔히 소드 마스터라고 불리는 마나 마스터이다. 물론 마나 마스터들이 하나같이 입을 모아 하는 말이 있다.

마나 마스터가 그 끝일 리 없다고.

있었다.

마나 마스터를 뛰어넘는 경지가.

야현은 입술을 깨물었다.

마나 마스터, 중원에서 일컫는 화경의 경지라면 능히 대적할 수 있다. 권능을 더한다면 이길 수 있다.

그러나 그 이상의 경지는……

장담할 수 없다.

모용곽이 화경 이상의 경지를 드러냈으나 모든 것을 보여주지 않았기에.

그의 검과 마주할 수도 없다.

아무리 야월이 통짜 미스릴로 만든 검이라 한들 검환을 버텨낼 수 없을 것이다.

화륵!

야현의 시선이 닿는 곳곳의 불들이 꺼졌다.

그리고 순간 찾아온 어둠.

야현은 어둠 속으로 몸을 숨겼다.

쑤아아아악!

야현이 사라진 허공에 모용곽의 검광이 뿌려졌다.

                    *   *   *

모용휘는 조용히 야현을 쳐다보고 있었다.

후기지수 중 여유롭게 검강을 구사할 수 있는 이가 몇이나 될까? 자신이 알기에는 없다.

물론 야현이 검강을 구사했다는 건 아니다.

하지만 야현은 모용곽의 검강을 너무나도 여유롭게 막아 냈다. 그것으로 모자라 반격마저 여유롭게 느껴졌다. 자신은 눈으로 따라가기조차 벅찼음에도 불구하고.

또한 모용곽의 마지막 일격을 피해 냈다.

혼신의 힘을 다한 일격은 아닐지라도 야현은 피했다. 그 순간 자신은 그의 신형을 좇지도 못했다. 모용곽의 표정을 보건대 그 역시 순간이지만 야현의 신형을 놓친 것이 분명했다.

"개뼈다귀 같은 놈."

노골적으로 야현을 향해 불평을 늘어놓는 모용곽을 보면 확실했다.

'대단하군.'

진주언가를 무너트리고, 하북팽가 가주와 기세 싸움을 할 때 이미 후기지수 수준을 벗어났음을 느꼈지만, 이 정도일 줄은 몰랐다.

그는 이미 경지를 이룬 고수이며 강자였던 것이다.

거짓을 조금 보태면 이십이 좌(左) 말석에 한 자리를 차지할 수 있을 것이다.

"흠."

야현은 우아하게 술잔을 들어 여유롭게 마셨다.

그 반면.

모용곽의 얼굴은 불에 그슬려 수염과 눈썹이 고불고불거렸고, 일자건과 앞섶은 검게 그을려 있었다.

외양만 보면 누가 승자인지 모를 정도다.

"한 판 더 붙어!"

모용곽이 탁자를 주먹으로 내려치며 소리쳤다.

"본인이 졌습니다."

야현은 자신의 잔을 채우며 미소를 지어 보였다.

"궁금하지 않나?"

모용곽은 비무 전 야현이 했던 질문을 다시 언급했다.

"본인의 위치를 알았으니 이제는 궁금하지 않습니다."

낮이라면 어불성설이겠지만 어둠 속에서라면 자신을 이길 자가 없다 여겼었다.

'이 땅에 본인을 능가하는 자가 최소한으로 잡아도 스물하나.'

야현의 눈동자가 깊어졌다.

'위험해.'

낮이라면 그 수는 수백, 수천을 넘어갈 터.

"……위기가 찾아올 것입니다."

전진교 장문인 송량의 말이 떠올랐다.

"……도움이 될 것입니다."

동시에 전진교 진신 절학인 현문정종(玄門正宗) 선천공(先天功)과 전진(全眞) 진무(眞武)도 함께.

"그럼 이 혼례 반대일세!"

다시금 들려온 모용곽의 분함이 담긴 외침.

"혼례를 치르지 않아도 그다지 상관없습니다."

"이놈!"

모용곽이 자리에서 벌떡 일어나더니 야현을 향해 삿대질을 하며 소리쳤다.

"이대로는 못 끝내! 그냥 한 판 더 붙어, 이 개뼈다귀 같은 사위 놈아!"

"이만 쉬시지요."

밤이 깊어 술자리가 파하고 야현이 자리에서 일어났다. 야현은 별채를 양보하고 천상객잔 특실로 올라갔다.

"흠!"

모용곽은 얼마 남지 않은 술병을 들어 잔을 채우며 나직하게 침음했다.

"왜 그러십니까?"

모용휘였다.

"저 나이에 나와 필적을 이뤘구나. 마지막 움직임은 나도 놓쳤었다."

모용휘의 눈이 화등잔처럼 부릅떠졌다.

"그, 그럼?"

모용휘의 경악에 모용곽은 고개를 저었다.

"아직은…… 아직은 아니다. 허나."

더 이상 이어지진 않았으나, 어떤 말을 하려 했는지 모용휘
는 알았다.

"후후, 허허허허, 하하하하하!"

모용곽의 웃음이 서서히 커지더니 이내 대소를 터트렸다.

"란이가 그저 사랑에 빠진 줄 알았는데…… 대어를, 아니지
용을 잡았구나."

모용곽은 모용휘를 쳐다보았다.

"무슨 일이 있어도 이 혼례를 치러야겠다."

"예, 아버지."

모용휘는 씁쓸한 웃음을 언뜻 보였다.

"그리고, 휘야."

모용곽이 모용휘를 정을 담아 지그시 쳐다보았다.

"자격지심을 가질 필요는 없다."

"소자는 괜찮습니다."

"이 아비는 말이다. 과거 소가주 시절, 후기지수 끝자락에도
들지 못했었다."

모용곽의 말에 모용휘는 놀란 듯 눈을 깜빡였다.

몰랐던 모용곽의 과거였다.

"시작이 중요한 것이 아니다. 끝이 중요한 것이지. 너는 나보

다 무골이다."

"감사합니다."

"감사는 무슨, 대신 본가로 돌아가는 즉시 죽을 각오를 하고."

모용휘의 눈가가 일순간 일그러졌다.

직접 수련을 시키겠다는 뜻, 다만 그 가르침이 죽고 싶을 정도로 가혹하다는 것이 문제였다.

별채에서 나와 천상객잔 특실로 오르던 야현이 나직한 웃음을 지었다.

"후후."

패밀리어로 삼은 모기 한 마리를 정자에 심어두었다. 그것을 통해 모용곽과 모용휘의 대화를 듣고 본 까닭이었다.

"주군."

베라칸이었다.

"혼례를 치를 생각이십니까?"

"글쎄."

야현은 객실로 오르지 않고 3층에 멈춰 야경을 바라보았다.

'혼례라.'

쓴웃음.

한 번도 혼례에 대해 생각해 본 적이 없었다.

자신은 인간이되 인간이 아니었다.

엄밀히 말하자면 인간의 탈을 쓴 괴물이었다. 당연히 자식을 낳을 수도 없다. 자식을 가지는 유일한 방법은 인간을 뱀파이어로 만드는 것뿐. 하지만 엄밀히 말하자면 후계자 역시 후계자일 뿐 자식은 아니었다.

지금 고민해 봐야 답은 안 나온다.

그녀에게 첫눈에 반한 것도 아니요, 그녀가 없으면 못 살 정도로 열렬히 사랑하는 것도 아니다.

'모용세가라.'

그만하면 훌륭한 지원군은 될 터.

'중원의 밤을 가진다라.'

이미 내디딘 걸음.

'일단 만나 봐야겠군.'

야현은 모용란을 떠올렸다.

그녀를 통해 모용세가를 가질 수 있다면 좋지만 없다고 아쉬울 건 없었다.

그전에.

야현은 미간을 슬며시 찡그렸다.

모용곽과의 비무를 떠올렸다.

현재로선 중원의 밤을 접수하기에 무리라는 사실이 불쾌했다. 허나 사실이기에 받아들일 수밖에 없었다.

'익혀야겠군. 전진의 무학을.'

*　　*　　*

이른 오전, 모용세가 사람들을 배웅하고 천상객잔을 정리
한 야현은 만금장으로 들어섰다.

"대인."

집사의 안내를 받아 장주실로 향하던 중, 흑오와 함께 나란
히 걸어오는 월영을 본 야현의 눈매가 사납게 일그러졌다.

"베라칸."

"예, 주군."

야현의 명에 베라칸은 흑오의 목줄기를 틀어쥐었다.

"컥!"

베라칸은 그런 흑오를 끌고 와 야현 앞에 무릎을 꿇렸다.

"이, 이봐요."

야현이 다짜고짜 흑오의 무릎을 꿇리자 월영이 나섰다.

"죽고 싶지 않으면 그 입 다물라!"

야현이 날카로운 이빨을 드러냈다.

또한, 평소의 어투도 아니었다.

"흑오."

야현은 묵직한 목소리로 그를 불렀다.

"주, 죽을죄를 지었습니다, 주군!"

흑오는 땅바닥에 머리를 찧었다.

"카이만!"

야현이 카이만을 부르자 검은 연기와 함께 그가 모습을 드러냈다.

"내 명을 듣지 못했었나?"

"아닙니다."

카이만의 목소리에는 긴장감이 흘렀다. 그 특유의 웃음도 없었다.

"왜 저 계집에게 복종의 인장이 보이지 않지?"

"……그게."

카이만이 대답을 망설일 때 흑오가 무릎이 꿇린 채로 기어와 다시 머리를 바닥에 찧었다.

"소, 속하가 거부했습니다."

"왜지?"

"그, 그것이……."

흑오는 선뜻 대답을 하지 못했다.

"쯧."

그 모습에 야현은 미간을 찌푸리며 혀를 찼다. 그리고는 자신을 노려보는 월영을 쳐다보았다.

연모(戀慕).

"그대가 갖고 싶다 하여 하오문을 줬다. 그 답이 이건가?"

"대업에 차질이 없도록 하겠습니다. 믿어 주십시오."

흑오는 자리에서 일어나 바닥에 엎드리며 애원했다.

"말하라, 왜 그런 것인지."

"……"

"대답하지 않는다면 그대와 저 계집을 죽일 것이다. 말하라."

야현의 말에 베라칸이 월영의 등 뒤로 다가섰다.

명이 떨어지는 순간 월영을 죽이겠다는 의미.

흑오의 눈이 파르르 떨렸다.

월영 역시 공포에 휩싸여 동공이 떨리기는 매한가지.

흑오는 월영을 쳐다보았다. 그리고 그녀와 눈이 마주쳤다. 잠시 망설이던 흑오가 다시 엎드리며 힘겹게 말했다.

"소, 속하가 그, 그녀를 마음에 감히 담았습니다."

너무 놀라 벌어지는 입을 손으로 가리는 월영의 눈이 믿기지 않는 듯 동그랗게 떠졌다.

"받아들일 수 있겠나?"

야현이 물었지만 월영은 한 번도 생각해 보지 못한 일이기에 대답하지 못했다.

"하긴, 그대에게 물을 것이 아니지."

야현은 다시 흑오를 내려다보았다.

"열흘의 말미를 주겠다. 그녀를 가져라. 그렇지 못한다면 그대 둘의 목숨은 없다. 아울러 하오문도 이 땅에서 지울 것이다."

야현은 고개를 들어 월영을 노려보았다.

"선택은 자유다."

야현은 몸을 돌려 장주실로 사라졌다.

"우히히히!"

카이만이 흑오를 보며 괴소를 터트렸다.

"좋을 때로구나, 우히히히!"

카이만의 괴소에 월영의 얼굴이 벌겋게 달아올랐다. 그렇게 카이만도 사라지고, 넓은 마당에는 흑오와 월영만이 남았다.

제4장

감사히 잘 받겠습니다

자금성 각루.

병사 둘이 부리부리한 눈으로 외곽을 살피고 있었다.

"흠."

그 각루 턱에, 야현이 자금성 내성 쪽을 바라보며 앉아 있었다. 고민에 찬 침음성이 작지 않았음에도 병사 둘은 그 어떤 반응도 없었다.

살행 의뢰를 해결하기 위해 자금성으로 온 야현이었다.

깔끔하게 일을 해결하기 위해서는 황제를 직접 만나는 것이 가장 좋았지만, 문제는 그를 호위하는 이십이 인의 절대자 중 일위였다.

차수로 윤왕을 만나도 되지만 그러기에는 자존심이 상했다.

"크크크!"

거친 야성이 흘러나왔다.

광소(狂笑)에 짙은 살기를 담은 혈향이 풍겼다. 음산한 웃음소리에 각루에서 보초를 서던 두 병사의 몸이 반응하여 바르르 떨렸지만 그 둘은 여전히 야현 쪽으로 시선을 주지 않았다.

야현은 자리에서 일어났다.

건천궁을 바라보는 야현의 눈빛이 붉게 번뜩였다.

지금의 고민은 자신답지 않았다.

어둠은 자신의 세상이다.

무얼 망설이는가?

목이 잘리지 않는 이상 불사의 몸이거늘. 신이 와도 죽지 않을 자신이 있었다.

야현의 몸은 어둠 속으로 사라졌다.

건천궁 옥좌에 앉은 당금의 황제가 환관 한 명만 대동한 채 홀로 장계(狀啓)를 살피고 있었다.

"후우—."

황제가 피곤한 듯 깊은숨을 내쉬자 조용히 시립해 있던

내시가 반걸음 다가서며 허리를 숙였다.

"차라도 내오리까?"

"차보다는 술이 좋겠구나."

황제는 손으로 목을 주무르며 이리저리 움직였다.

"예이."

내시는 종종거리는 뒷걸음으로 물러나 술상을 차리라 궁녀에게 이른 후 다시 황제 옆에 시립했다.

휘익—

미세한 바람 한 줄기가 대전에 불었다.

"헛!"

내시는 어디 문이라도 열린 것인가, 대전을 살피다 급히 헛바람을 들이마셨다. 황제가 들을 수 있도록 어서 알려야 하는데 낯선 자의 붉은 동공과 눈이 마주친 순간, 숨이 턱 막힌 듯 목소리가 흘러나오지 않았다.

야현이었다.

내시는 목을 움켜잡으며 나머지 한 손으로 야현을 가리켰다.

동시에,

쐐애애애애액!

한 줄기 음습한 살기가 야현의 목을 스쳤다.

이 땅의 또 한 명의 절대자.

황제의 수신 호위 일위였다.

그 순간, 야현의 붉은 동공이 확장되었다.

화륵—

대전의 모든 불이 꺼졌다.

한순간 찾아온 어둠.

야현은 어둠 속으로 사라졌다.

사각!

미세한 절삭음과 함께.

척!

어둠 속에서 들려온 이질적인 소리.

일위는 재빨리 고개를 돌려 옥좌를 쳐다보았다.

화르륵—

다시 대전의 불이 밝혀지고, 야현의 야월이 황제의 어깨에 걸쳐져 있었다. 여차하는 순간 황제의 목을 치겠다는 뜻.

일위는 입술을 지그시 깨물었다.

자신을 피해 황제에게 다가갈 이는 그 누구도 없다 여겼다. 그런데 야현이 내전에 모습을 드러낼 때까지 그의 기척을 느끼지 못했다.

아울러 한순간이지만 그의 신형을 놓쳤다.

그 결과가 황제의 목에 올려진 야현의 검날이었다.

"누구냐?"

황제도 놀라 눈을 부릅떴지만 이내 차분한 목소리로 물었다.

"야현이라 합니다."

"짐의 목을 노린 것이 아니라면 검을 치우라. 불쾌하도다."

황제는 손가락으로 야현의 검을 옆으로 밀었다.

"불쾌했다면 용서하시지요. 폐하께 전해야 할 말이 있어 무례를 범했습니다."

야현은 야월을 치우며 뒤로 한 걸음 물러나 일위를 쳐다보았다. 그리고 양팔을 들어 공격 의사가 없음을 표하자 일위 역시 어느 정도 살기를 거둘 수밖에 없었다.

"십 보의 거리를 허한다."

황제는 옥좌에서 내려가라 명했다.

그 명에 야현은 옥좌에서 내려가 황제 앞에 섰다.

"흠!"

황제는 불쾌감을 다시 한 번 드러내며 장계를 옆으로 밀고 야현을 내려다보았다. 그런 황제 옆에 일위가 섰다. 그리고 야현을 직시했다.

"이리 짐을 찾아온 연유가 무언가?"

"거래라면 거래요, 상소라면 상소입니다."

야현은 황제를 바라보며 미소를 지었다.

동시에 황제를 바라보는 그의 붉은 동공이 더욱 붉어졌다. 황제의 눈이 그도 모르게 살짝 흔들렸다.

매혹.

하지만 야현은 강하지 않게, 그저 호감을 심어 주는 정도로만 매혹의 권능을 펼쳤다.

"일단 짐의 목숨을 노리지 않는다면 태감부터 풀어 주는 게 어떻겠느냐?"

황제의 목소리에서 불쾌감이 많이 희석되었다.

매혹의 권능으로 인해 야현의 무례함이 영웅의 배포로 느껴진 탓이다.

"킄킄킄!"

야현이 목소리를 풀어 주자 내시는 기침을 내뱉듯 목소리를 터트렸다.

"짐을 이리 찾아온 것을 보면 꽤나 중한 사안인 듯싶구나. 아니 그런가?"

"폐하께서 제법 놀라실 것입니다."

"사사로운 것이라면 짐은 그대를 용서치 않을 것이다."

"실망시켜드리지 않을 것입니다."

야현은 황룡의 시선을 담담하게 받아들이며 자리에 앉았다.

"그럼 말하라."

"황자들의 난이 진행되고 있습니다."

황제의 눈이 부릅떠졌다.

"며칠 후면 골육상잔의 핏물이 흐를 것입니다."

쾅!

황제는 핏발 선 눈으로 탁자를 내려쳤다.

"그 말이 참인가?"

"그러하옵니다."

"그대는 지금 짐에게 무슨 말을 하고 있는 것인지 알고 있느냐?"

"알고 있습니다."

"그 말이 거짓이라면……."

"본인의 목을 걸겠습니다."

야현의 호언장담에 황제는 주먹을 억세게 말아 쥐었다.

"하아—."

황제는 이내 깊은 탄식을 터트렸다.

"어찌 된 일인지 고하라."

"비살문에 한 가지 의뢰가 들어왔습니다."

"비살문?"

황제의 미간이 찡그려졌다.

"내용은 황자들의 암살입니다."

"계속하라."

"암살 의뢰에 따르면 이황자는 천운이 따른 중해 보이지만 가벼운 검상을, 그리고 삼황자, 사황자는 필살(必殺)."

"……."

황제의 입술이 꾹 다물어졌다.

"조 귀비의 짓인가?"

황제는 누구의 짓인지 금세 파악했다.

"알아본 바에 의하면 양하윤 태사도 한 발 걸치고 있는 듯싶습니다."

"그렇겠지."

황제는 힘없이 고개를 끄덕였다. 그와 달리 그의 눈동자는 분노로 가득 차 있었다. 황제는 그런 감정을 안으로 갈무리하며 차분한 목소리로 입을 열었다.

"그대가 살문의 문주인가?"

황제의 입장으로선 심각한 사안이었다.

일위가 막지 못한 자다.

누군가 자신의 목을 노린다면 내줘야 할 판.

"아닙니다."

"그럼?"

"본인의 수하가 문주입니다."

어차피 그게 그거라는 소리.

"이리 찾아와 거래하겠다고 했으니 짐과 척을 지지는 않
겠다는 뜻이군."

"그러합니다, 폐하."

"무엇을 원하는가?"

황제의 물음.

"착수금 십오만 냥, 성공 보수 십오만 냥입니다."

"조 귀비가 꽤나 무리했군."

황제의 입가에 드러난 조소.

"성공 보수 십오만 냥에 더 얹어 줘야겠군. 짐의 목을 유
지하려면."

야현은 그저 웃음을 드러냈다.

매혹의 권능으로 호감을 느낀 황제였다.

대화를 통해 호감은 더욱 커진 상태, 허나 야현을 바라
보는 눈동자는 지극히 차가웠다.

호감은 호감, 이성은 이성이었다.

그렇기에 옥좌의 주인인 것이다.

"하지만 훗날 그대가 짐의 목을 노리지 말라는 법은 없
지 않은가?"

"믿으셔도 좋습니다."

"아니야, 아니야."

황제는 고개를 저었다.

"자식이 아비의 등에 칼을 꽂는 것이 사람이다."

"그렇기는 합니다."

그 부분은 야현도 수긍했다.

"그리 쉽게 수긍을 하는 것인가?"

"폐하의 말씀이 지극히 당연합니다."

"그대가 짐의 비검(秘劍)이 되는 것은 어떠한가?"

"액수만 맞는다면야 비검이 되어드리지요."

신하가 되지는 않겠다는 뜻.

"무엄하……, 헙!"

내시가 호통을 치려다가 야현의 눈빛에 핏기 가신 얼굴
로 헛바람과 함께 몸을 바르르 떨었다.

"크하하하하!"

황제는 대소를 터트렸다.

"그대는 참으로 물건이로다!"

황제는 야현을 향해 몸을 숙였다.

"좋다. 어차피 신하들이란 짐의 권력을 나눠 받기 위해
머리를 조아리는 종족. 권력이 돈으로 바뀐다 하여 그 무
에 큰 상관이 있으랴."

"감사합니다, 폐하."

야현은 고개를 숙였다.

"그러나 살다 보면 권력도 필요한 법. 태감, 정무에 자

유롭지만 제법 큰 힘을 가진 자리가 있는가?"

"폐, 폐하."

내시는 황제의 말에 기겁하며 말을 더듬었다.

"태감은 짐의 목이 날아가기를 원하는가 보군."

황제의 목소리가 차가워졌다.

콰당!

내시는 그 자리에서 납작 엎드리며 바닥에 머리를 찧었다.

"주, 죽을죄를 지었나이다."

"그럼 말하라."

"어느 자리든 관직의 수직적 명령 체계에서 자유로울 수 없나이다. 그러니 차라리 새로운 직을 만드시옵소서."

태감은 살기 위해 머리를 쥐어짜 냈다.

"새로운 관직을 만들라?"

그런 경우가 아예 없었던 것도 아니었다.

상황이 생각지도 못한 방향으로 흘러갔다.

'훗!'

야현의 입가에 흡족한 미소가 슬쩍 지어졌다가 사라졌다. 황제를 등에 업는다는 것은 묘한 문제다. 하지만 자유가 보장되는 동시에 황권의 특혜까지 누릴 수 있다면 분명 득(得)이다.

"정이(二)품 황명비호특무도어사(皇命庇護特務都御司)직을 새로 만드시어 제수하심이 어떠하시오니까?"

도어사는 감찰 기관 도찰원의 수장(首長)직이었다.

"좋다."

황제는 그 의견을 받아들이며 야현을 내려다보았다.

"어떠냐?"

"……."

야현은 바로 대답하지 않았다.

"비록 형식적이라도 짐은 그대의 주군이 되고자 한다."

"그리하지 않아도 보상만 충분하다면 비검이 되어드리겠습니다."

"그대는 신(臣)으로 짐을 대하지 않고 있다. 또한."

황제의 목소리가 살짝 커졌다.

"시시각각 달라지는 것이 사람의 마음이라 했다. 그렇기에 비록 형식적인 주종 관계라 하여도 그리해야 짐의 마음이 편하겠다. 그러니 받으라."

"황제는 황제인가 봅니다, 폐하."

듣기에 따라 불경으로 받아들일 수 있는 야현의 말.

아울러 진심이었다.

"고약하다! 크하하하하!"

찌푸려진 눈매와 달리 다시 터진 대소.

"기쁘구나, 참으로 기뻐! 든든한 방패에 이어 날카로운 칼마저 쥐었으니 이보다 기쁠 수가 있겠는가?"

황제는 어느새 기쁨을 감추지 않았다.

"짐이 처음으로 칼을 한번 휘두르고 싶구나."

"말씀하시지요."

"조 귀비와 태사 양하윤, 그리고 이황자의 목을 가져오너라."

조용히 일을 처리하고 싶다는 뜻.

"수일 내로 마무리하겠습니다."

"그냥 칼이 아니라 금으로 만든 칼이니만큼 상을 내려야겠지. 셋의 목값으로 금 오십만 냥을 내리겠노라."

"감사합니다, 폐하."

야현은 고개를 숙였다.

"태감."

"예, 폐하."

"내일 대전에서 도어사직을 제수할 테니 준비하라. 아울러 관복도 준비하라."

"알겠나이다."

"폐하."

야현이 황제를 불렀다.

"본인이 선물을 하나 드릴까 합니다."

"선물?"

황제는 호기심을 드러냈다.

야현은 아공간에서 반지 하나를 꺼냈다. 내시가 다가와 반지를 건네받아 옥좌 위로 올렸다.

"이건 반지가 아닌가?"

약간 실망한 눈치.

"일단 반지를 끼시고 기를 넣어 보십시오."

황제의 몸엔 대략 반갑자에 조금 못 미치는 내력이 있었다. 체계적으로 무공을 익혀서 생겼다기보다는 기본적인 호신과 건강을 위해 영약으로 만들어 둔 것인 듯싶었다.

"흠."

황제는 야현의 말에 일단 반지를 끼고 내력을 밀어 넣었다.

쿠오오오!

반지에서 기의 파동이 퍼져 나가며 옥좌가 들썩였다.

콰르르르!

대리석으로 만든 장판석이 부서지며 십여 구의 스켈레톤들이 모습을 드러냈다.

"끼하아아아!"

"키키키키키키!"

스켈레톤들은 붉은 동공을 번뜩이며 귀성을 질렀다.

퍼석! 퍼서석!

갑작스러운 그들의 등장에 일위가 스켈레톤 다섯 구를 단숨에 부수었다.

드드드득!

하지만 부서진 스켈레톤들은 단숨에 제 형상을 갖추며 다시 자리에서 몸을 세웠다.

"이, 이게……."

황제도 놀란 듯 목소리가 떨렸다.

"괜찮습니다, 폐하."

야현의 목소리.

황제는 잠시 진정을 하고 보니 해괴한 해골 병사들이 둥글게 에워 감싸고만 있지 그 이상의 행동은 일절 없다는 것을 알아차렸다.

야현의 말에 일위도 더는 손을 쓰지 않았다.

"이, 이게 무엇인가?"

"폐하의 숨은 방패가 되어드릴 것들입니다."

"그 말은?"

"오로지 폐하의 명을 따르는 병사들입니다."

그 말에 황제는 입을 꾹 닫았다가 명령을 내렸다.

"짐을 보호하라!"

그러자 내력이 반지로 쭉 흡수되었고, 이내 스켈레톤들

은 일제히 등을 돌려 원형의 방어진을 구성했다.

"일종의 강시라 보시면 되옵니다. 물론 강시는 아니지만."

"허허, 허허허허!"

황제는 놀란 마음을 진정시키며 너털웃음을 터트렸다.

"비록 강한 병사들은 아니나, 죽지 않는 불사의 병사들입니다. 폐하께 이미 그 무엇도 뚫을 수 없는 방패가 있지만 때로는 열(十)의 손도 필요한 법입니다."

"진정 이 귀물을 짐에게 주는 것이더냐?"

"소소한 선물입니다."

정말 소소한 선물이다.

하지만 황제가 마음에 들어 주는 선물은 아니다. 그 반지에는 스켈레톤 열 구를 조종하는 마법 외에 도청 마법 또한 함께 곁들어 있었으니.

이제부터 황제의 모든 움직임과 대화, 심중이 고스란히 야현에게 전해질 것이다.

"이것들을 어찌 다시 되돌리느냐?"

"그저 돌아가라 하시면 됩니다."

"돌아가라!"

야현의 말에 황제가 스켈레톤들에게 명을 내리자 그들은 다시 땅으로 돌아갔다. 그리고 언제 깨졌느냐는 듯 대전의 바닥이 말끔하게 제 모습을 찾았다.

"참으로 귀한 것을 받았도다. 금 오십만 냥이 오히려 부족하겠구나!"

목숨은 돈으로 바꿀 수 없는 것이다.

"그저 오래 사시옵소서. 그래야 본인 역시 권력과 돈을 받아내지 않겠습니까?"

직설적인 속내..

"크하하하하하하!"

황제는 기쁨을 주체하지 못하고 대소를 터트렸다.

"그대의 말이 옳다. 짐이 살아 있는 동안 그대에게 권력과 돈을 주겠다."

스켈레톤들의 등장에 놀라 머리를 박고 벌벌 떨던 내시가 밖에서 들려온 기별에 겨우 정신을 차렸다.

"폐, 폐하. 수, 술상이 마련되었나이다."

내시는 벌벌 떨리는 목소리로 야현의 눈치를 살피며 황제께 고했다.

"내오너라."

황제는 옥좌에서 일어나 바닥으로 성큼 내려왔다.

"폐, 폐하."

"가져오너라."

명에 야현과 황제 사이에 술상이 차려졌다.

단숨에 몇 순배가 돌고, 기쁨도 조금 가라앉자,

"문득 궁금하다."

"무엇이 말입니까?"

"그대라면 번거롭게 짐을 찾아올 이유가 없다 싶어서 그러하다."

황제가 야현의 잔을 직접 채우며 물었다.

내시는 기겁하는 표정이었지만 꿀 먹은 벙어리처럼 종종거릴 뿐 입을 열지는 못했다.

"친우 목숨은 살려야 하지 않겠습니까?"

"친우?"

황제가 반문했다.

"중원에서 사귄 친우가 있습니다."

황제의 눈매가 가늘어졌다.

"누군가?"

"주치입니다."

"치? 운왕?"

놀란 눈의 황제를 보며 야현이 고개를 끄덕였다.

"그렇습니다."

"이런, 이런."

황제는 고개를 절레절레 젓더니 술잔을 비웠다.

"가서 치를 데려오너라."

태감이 황제의 명을 수행하기 위해 나가고, 둘의 대화는
이어졌다.

"누가 치의 가슴에 불을 지폈는가 했더니 그대였군."

황제는 야현을 빤히 쳐다보며 말했다.

"결과적으로 그러하지만, 어차피 언젠가는 스스로 지필
불이었습니다."

"나도 안다. 그래도 불이 피어오르지 않기를 바랐었느니
라."

황제는 다시 술잔을 들었다.

"다음 보위는 치가 잇겠군."

야현은 긍정도 부정도 하지 않았다. 마땅히 대답할 말이
없었다. 왜냐하면 친우라 해도 그의 길은 그의 길이지, 자
신의 길이 아니기 때문이었다.

"가능하면 피를 덜 봤으면 좋겠군."

황제는 야현을 보며 말했다.

"본인이 대답할 수 있는 게 아닌 듯싶습니다."

"그냥 그렇다는 것이다."

황제라 해도 자식들 간의 골육상잔이 아무렇지 않은 건
아니었다. 그렇기에 황제의 말에는 주치를 돕게 되면 가능
한 한 피를 적게 보라는 의중이 담겨 있었다.

대화가 잠시 끊어졌을 무렵 대전 밖에서 대전 궁녀의 목

소리가 들렸다.

"폐하, 윤왕 전하 드셨사옵니다."

"들라 이르라."

궁녀의 손에 대전 문이 열리고 주치가 안으로 들어왔다.

"부르셨나이까?"

"술이나 한잔 하자고 불렀다."

황제의 손짓에 다가서던 윤왕은 야현을 보자 화들짝 놀랐다.

"잘 지냈는가?"

야현의 인사에 윤왕은 어리둥절한 눈으로 야현과 황제를 번갈아 쳐다보았다.

"자네가 어찌……."

야현이 이곳에 있다는 사실만으로도 놀랄 지경인데 황제와 겸상을 하고 있으니 보면서도 스스로 믿기 어려워 눈을 여러 번 비볐다.

"앉거라."

윤왕은 황제의 명에 일단 동석했다.

"많이 놀란 모양이야."

황제는 그런 주치를 보며 장난기 어린 표정을 지었다.

"그, 그러하옵니다."

주치는 야현을 흘깃 쳐다보며 대답했다.

"네 녀석 목숨을 살리자고 왔느니라."

"예에?"

주치는 더욱 놀란 눈으로 고개를 들어 황제를 쳐다보았다.

"덕분에 이 아비 역시 좋은 검을 얻었고. 물론 비싸기 이를 데 없는 금검(金檢)이지만."

야현을 향한 말에 퉁명스러움이 묻어나왔다. 그렇다고 불쾌함이 담겨 있지는 않았다.

"소자, 무슨 말씀이온지 알아들을 수 없나이다."

"희가 여우 짓을 했다."

황제는 주희, 그러니까 이황자를 거론했다.

그러고는 야현이 찾아온 이유를 풀어 설명해 주었다.

"어찌 그런 놈이 태어났는지. 에잉, 쯧쯧쯧!"

황제는 혀를 차며 술잔을 비웠다.

야현은 조용히 그의 잔을 채워준 후 윤왕에게 술병을 들어 보였다.

"한잔 들지."

"그, 그래."

여전히 적응되지 않는 술자리인지라 윤왕은 엉거주춤하게 술을 받았다.

이른 아침.

"뭬라?"

마흔에 접어든 중년의 여인이 표독스럽게 인상을 썼다. 이황자를 낳은 조 귀비였다. 아침에 일어나자마자 해괴망측한 소리를 들으니 목소리 또한 자연스레 높아졌다.

"간밤에 폐하께서 윤왕과 술자리를 가졌다? 그것도 건천궁에서?"

"그러하옵니다, 마마."

조 귀비는 표독스러운 표정을 풀지 않은 채 손을 주물럭거렸다.

"하온데 마마."

궁녀가 조심스레 말을 덧붙였다.

"그 자리에 다른 이가 한 명 더 있었다고 하옵니다."

"누군가?"

"그게 누구인지 아는 이가 없었사옵니다."

"조정 대신은 아니란 소리더냐?"

"그러하옵니다, 마마."

조 귀비는 눈을 이리저리 굴리며 생각에 잠긴 모습이었다.

"그자의 행적을 좇을 수 있겠느냐?"

"그것이……."

"그것이?"

"윤왕 전하의 처소에 있사옵니다."

"외인이 궁에서 잤다?"

조 귀비는 기가 막힌 듯 입을 쩍 벌렸다.

"폐하께서 술자리가 늦게 파했으니 퇴궐하지 말고 윤왕
전하의 처소에서 쉬라 명하셨나이다."

조 귀비의 눈가가 찌푸려질 대로 찌푸려졌다.

"비단 그것만이 아니옵니다."

"또 무어가 남았더냐?"

"조참(朝參) 때 그자에게 황명비호특무도어사직을 제수
한다 하옵니다."

"황명비호특무도어사?"

"새로이 신설된 특별직이라 하옵니다."

"어디서 그런 낮도깨비 같은 자가 나왔을꼬."

조 귀비는 입술을 잘근잘근 씹었다.

윤왕의 처소에서 하룻밤을 잤다고 하니 그와 친분이 두
터운 자일 터.

하지만 더는 고민하지 않기로 했다.

그가 누구라 한들, 일전의 살수 의뢰만 잘 성사된다면

하등 문제 될 게 없었다.

'수일 내로 일을 치른다고 했으니…….'

그 시각.

윤왕은 자신의 처소에서 야현과 함께 조반을 들고 있었다.

어젯밤 상당히 술을 많이 마셨기에 연포탕으로 속을 달래고 있었다.

수저를 들던 윤왕이 잠시 야현을 바라보았다.

황제와의 독대도 모자라 그 짧은 사이, 어떻게 마음을 사로잡았는지 정이품의 관직마저 받아냈다.

게다가 보통 관직이 아니었다.

권한은 막강하면서 의무는 없다.

더욱이 황제의 명만 받으니…….

"왜 그리 보는가?"

수저를 들던 야현이 물었다.

"아닐세."

윤왕은 고개를 한 번 젓곤 연포탕에 수저를 가져가려다 문득 멈추어 물었다.

"언제 살문을 가졌나?"

"그게 궁금한가?"

"솔직히 그러하네."

"오다가다 주운 놈 기억하나?"

"기억하네."

"수하가 되찾고 싶다 하여 준 것뿐이네."

이내 윤왕은 피식 웃음을 터트렸다.

"살문의 주인이 정이품 도어사라. 신료들이 그 사실을 알면 까무러치겠군."

그러고는 숟가락을 내린 후 야현을 바라보며 다시 입을 열었다.

"고맙네."

그 목소리에는 잔잔한 떨림이 담겨 있었다.

어젯밤 황제의 한마디 말 때문이었다.

'훗날 형의 목숨만은 다시 한 번 생각해 보아라.'

지나가다 툭 던진 말.

하지만 그 말에 담긴 의미는 절대 가볍지 않았다. 윤왕은 알았다. 그 말을 담은 이유가 눈앞의 야현 때문이라는 것을.

"싱거운 소리는. 슬슬 일어나야겠군, 도어사를 가지러."

"이런!"

마치 처음부터 제 물건이었다는 양, 대수롭지 않게 말하며 자리에서 일어나는 모습에 윤왕은 고개를 절레절레 저

었다. 그렇게 윤왕의 처소를 나서는 야현의 관복은 붉었
다. 조정에 뜻을 둔 이라면 누구나 탐하는 당상관의 관복
이었으니.

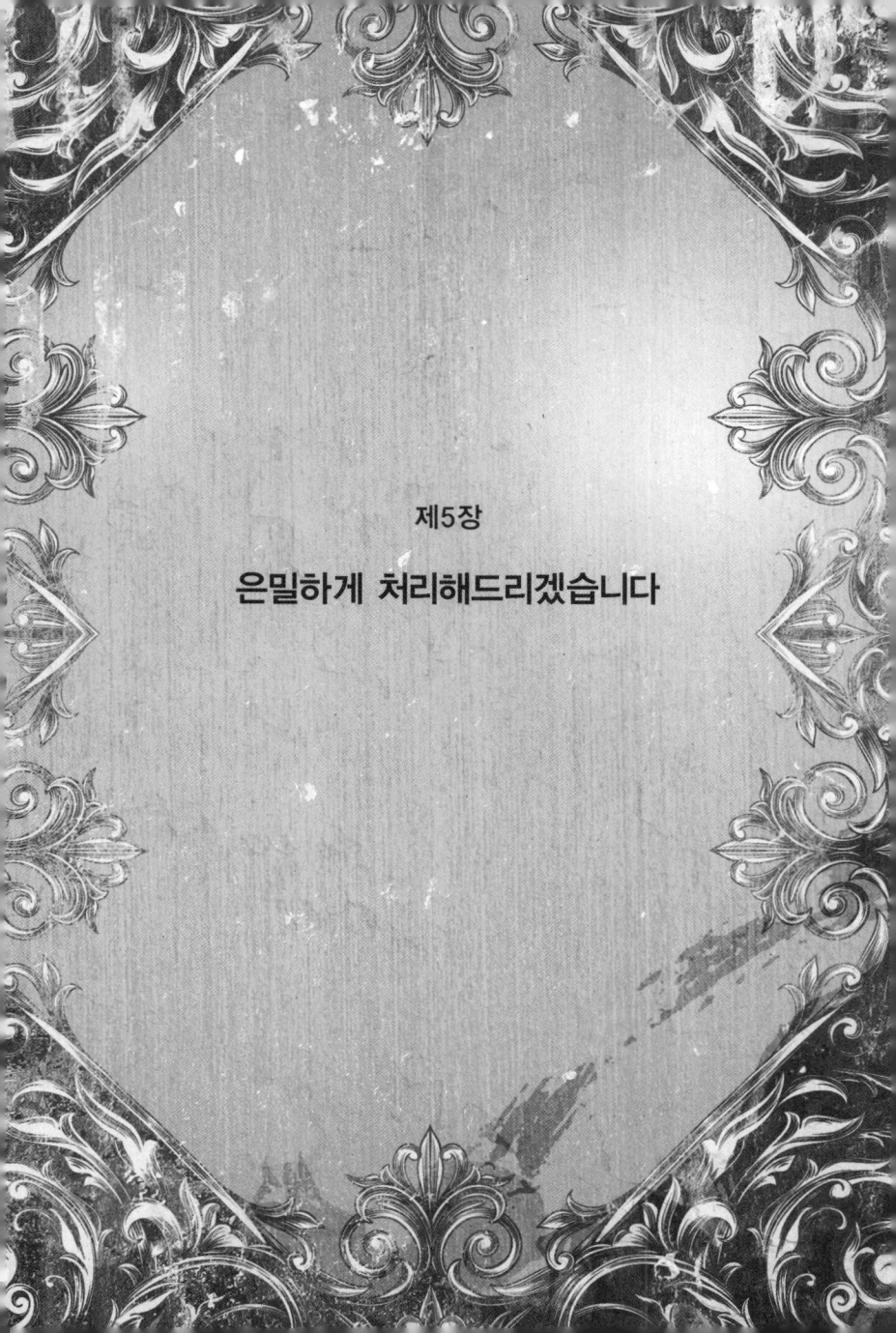

제5장

은밀하게 처리해드리겠습니다

　건청궁.

　황제는 턱을 괸 채 옥좌에 앉아 아래쪽을 내려다보고 있었
다. 그의 검지가 움직일 때마다 오른손 중지에 낀 반지가 빙
글 돌아갔다.

　"황룡."

　황제의 부름에,

　『예, 폐하.』

　일위가 전음으로 대답했다.

　그에게는 이름이 없었다. 그리고 이름을 가졌다. 그 이름
을 준 이는 황제였고, 그 이름을 아는 이 또한 황제뿐이었다.

"어찌 생각하나?"

『사기가 가득하나 필시 폐하의 목숨을 구할 귀물로 보입니다.』

황룡은 시험 삼아 열 구의 스켈레톤과 비무를 벌였다.

야현이 불사의 존재라고 했으니 작정하고 스켈레톤들을 부숴 보았다. 너무나도 쉽게 부서지는 하찮은 존재들임은 틀림없으나 문제는 부서진 후였다. 끊임없이 재생되는 그들은 야현이 호언한 대로 수십의 병사들이나 매한가지였다.

비록 자신이 무림의 절대자라고는 하나 야현의 말처럼 한 손으로 열 손을 가릴 수는 없다.

물론 건천궁엔 자신 외에 동창 소속의 야인들이 몸을 숨기고 있다지만 세상일은 모르는 것이다.

그 누구도 알지 못하는 한 수가 마련되었다.

최악의 상황에서 목숨을 구할 최후의 한 수가.

"짐의 목숨에 오십만 냥이면 오히려 싸게 먹혔군. 안 그런가, 상선?"

"그, 그러하옵니다."

내시, 상선 태감은 어젯밤 일이 떠오르자 다시금 공포가 밀려왔는지 몸을 한차례 떨며 대답했다.

"……하오나, 폐하."

상선이 어렵사리 입을 열었다.

황제의 시선이 그에게로 옮겨갔다.

"너무 위험한 자라 생각되옵나이다. 가까이하지 않으심이 어떠시온지요?"

야현에 대한 공포는 공포이고, 황제를 향한 충정은 충정이었다. 어제는 야현의 기세에 눌렸지만, 오늘은 오로지 황제와 둘만 있는 자리였다.

"상선의 눈에는 그리 보이는가 보군."

황제의 물음에 상선은 허리를 더욱 깊게 숙였다.

"짐의 눈에는 위험해 보이지 않는다. 정말 위험한 놈들은 속이 시커먼 놈들이지. 양 태사 같은."

"불경한 자이옵니다."

"불경?"

황제가 입꼬리를 말아 올렸다.

"불경은 뒤에서 짐을 음해하려는 자들을 두고 논할 일이다. 차라리 대놓고 목숨을 달라는 놈들이 짐은 더 낫다. 아니 그런가, 상선?"

황제의 말은 틀린 바가 없었고, 그렇다고 맞장구를 치기에도 어려워 상선 태감은 그저 허리를 숙이는 걸로 대답을 대신했다.

황제의 손과 발이 되어 주는 자리이자 머리가 되어서는 안 되는 자리, 그게 바로 상선 태감이라는 자리였다.

야현의 눈에 건청궁 대전의 모습이 들어왔다.

담담한 미소를 지으며 야현은 손으로 시선을 내렸다.

옥으로 만들어진 호패가 손에 쥐어 있었다.

앞면에는 야현, 이십칠 세, 북경이, 뒷면에는 정이품 황명 비호특무도어사라는 글씨가 새겨져 있었다. 나무로 만들어진 일반적인 호패가 아닌 관료를 상징하는 호패였다.

"훗!"

호패를 손에 쥔 야현은 피식 웃음을 터트렸다.

이 호패 하나로 무소불위의 권력을 손에 쥔 것이다.

주인이 권력을 틀어쥐면 그 집 종놈들의 위세도 바뀐다고, 현재 만금장의 모습이 그러했다.

"이보게, 도어사 대인 좀 보게 해 주게."

"어떻게 도어사 대인을 뵐 수 없겠는가? 부탁 좀 함세."

"아, 글쎄. 아니 된다니까요."

고급 견의를 입은 이부터 허름한 옷을 입은 이까지, 숱한 이가 문지기에게 매달려 안에 기별을 넣어달라고 사정사정하고 있었다.

"허어, 이거 참."

팽일로는 문전성시를 이루는 만금장, 아니 이제는 도어사 장원을 바라보며 어색한 침음을 내뱉었다.

"권력이 대단하기는 하구나."

팽일로는 몇 가지 급히 처리할 일이 있어 조참에 참석하지 못했다.

정오가 지나 입궐했는데 야현이 특별직, 그것도 오로지 황명만 받드는 도어사직에 제수되었다는 소식에 적잖게 기함을 삼켰었다.

친분이 있는 태감을 통해 소식을 좀 더 파 보니 어젯밤 황제와 독대는 물론 겸상까지 했다고 한다.

후에 삼황자도 함께했다는 말에 가능한 한 궁에서 윤왕과의 접촉을 피해왔지만, 급히 주치를 만났다.

그리고 더욱 놀라운 소식을 들었다.

"아바마마께서 옥좌를 허락하셨소."

그 어심의 시작과 끝이 야현에 의함임을 윤왕이 전했다.

"들어갈 수나 있을지 모르겠습니다."

팽무강의 말에 팽일로는 잠시 접어든 상념에서 깨어났다. 고개를 돌려 보니 팽무강은 굳게 닫힌 대문을 바라보며 고개를 절레절레 젓고 있었다.

"허어, 글쎄 안 된다니까 왜 이러십니까?"

슬쩍 찔러 주던 전낭이 이제는 급기야 공중에서 휙휙 날아다니고 있었다.

그사이 사람 수가 더 늘어 장원 앞에 모인 이가 족히 삼사십 명은 되어 보였다.

"안으로 들어가는 방법이 다 있다."

팽일로는 장원으로 걸음을 내딛는 동시에 갈무리하고 있던 기운을 폭사시켰다. 묵직한 기세가 장원 앞을 뒤덮자 시장 바닥처럼 시끄럽던 대문 앞은 거짓말처럼 조용해졌다.

팽일로는 팔짱을 낀 채 장원을 지켜보고 있었다.

끼이익—

잠시 후 굳게 닫혔던 대문이 열렸다.

대문이 열렸음에도 그 누구 하나 장원으로 걸음을 내딛는 이는 없었다. 팽일로의 기세에 눌려 하나같이 식은땀을 흘리며 몸을 움츠렸기 때문이었다.

대문이 열리고 나온 이는 흑오였다.

"팽 가주를 뵈옵니다."

흑오는 팽일로를 향해 포권을 취했다.

"장주를 뵈러 왔네."

"안으로 드시지요."

팽일로와 팽무강이 안으로 들어갈 동안 그 어떤 소음도 없었다. 그 누구도 닫힌 입을 열지 못한 채 다시 굳게 닫히는 대문을 바라보고만 있었다.

소란스러운 밖과 달리 안은 고즈넉함이 느껴질 정도로 조용했다.

그럼에도 팽무강의 미간에는 깊은 주름이 그려졌다.

진득한 살기 때문이었다.

또한, 그 살기는 음산했다.

'살수?'

"흠."

팽일로는 침음성을 삼키며 흑오를 따라 장주실로 발걸음을 옮겼다.

"주군, 흑오입니다."

"무슨 일인가?"

"팽 가주께서 찾아오셨습니다."

잠시의 침묵 뒤.

"뫼셔라."

야현이 허락이 떨어지자 흑오가 문을 열며 옆으로 비켜섰다.

"안으로 드시지요."

팽일로와 팽무강이 장주실 안으로 들어가자 야현이 자리에서 일어나 그들을 맞이했다.

"어서 오십시오. 앉으시지요."

야현이 탁자로 그들을 안내했다.

그리고 막 우려낸 차를 둘에게 건넸다.

팽일로는 야현 뒤에 서 있는 베라칸을 잠시 쳐다본 후 찻
잔을 들었다. 그의 눈동자는 더욱 깊어졌다.

"꼭 살문에 들어선 느낌이군."

팽일로는 찻잔을 내리며 입을 열었다.

"치에게 아무런 말도 듣지 못한 모양입니다."

"……?"

"살문 맞습니다."

팽일로의 눈이 동그랗게 떠졌다.

"픕!"

조용히 앉아 찻잔을 들던 팽무강은 너무 놀라 차를 뿜어
냈다.

"전하는 알고 계신 모양인 듯하고, 폐하께서는?"

"알고 계십니다."

"흠."

팽일로는 침음을 삼킨 후 한동안 입을 열지 못했다.

"……그걸 밝혀도 되는 것인가?"

"어디 가서 밝힐 수나 있겠습니까?"

"그것도 그렇군."

팽일로는 야현의 미소에 옅은 한숨을 내쉬었다.

맞는 말이다.

도어사가 살문의 주인이라는 사실을 털어놓는다 한들 미

치지 않고서야 그 말을 믿을 자는 없었다.

황제의 총애가 이어진다면 살문인 것이 드러나도 문제가 되지 않는다. 동창이 있듯 황제 직속 무력 단체라고 하면 그 만이다.

팽일로는 야현을 쳐다보았다.

그는 이 모든 것을 알고 있었다.

그렇기에 밝힌 것이다.

문제는 야현이 살문의 주인이어서가 아니었다. 종잡을 수 없는 그의 행보였다.

"은밀하게 처리할 일이 있으면 좋은 가격에 모시겠습니다."

더욱 진해진 야현의 미소에 팽일로는 뭐라 입을 열 수 없었다.

"아 참, 그리고 북진무사시면 검시(檢屍)도 하시지요?"

"그렇긴 하네만."

팽일로의 눈가가 찌푸려졌다.

"사적인 부탁은 들어줄 수 없네."

비록 한배를 탔다고는 하지만 가깝게 지내지는 않겠다는 완곡한 표현.

"오늘 밤, 이황자와 조 귀비가 죽을 것입니다. 사인은 심장마비, 그리고 자살. 아, 양하윤 태사도 마찬가지입니다."

팽일로의 얼굴이 순간 딱딱하게 변했다.

"그……."

"황명입니다."

야현의 마지막 말에 팽일로는 뭔가 말을 하려다 입을 닫을 수밖에 없었다.

"아울러 정적 제거이기도 하지요."

"정말 황명이신가?"

"조 귀비와 양 태사가 치의 목숨을 노렸습니다."

팽일로의 눈에 경악이 드러났다.

"뭐 다른 황자들도 그러하고요."

"흠!"

야현은 그런 팽일로에게 얼굴을 가져갔다.

"본인이 보기에 황제께서는 한 마리 사자시더군요."

"……?"

"사자가 여우 새끼를 키울 수는 없지 않겠습니까? 그리고 편히 갈 수 있는데 굳이 어렵게 갈 필요가 있겠습니까?"

뒤처리를 잘해달라는 말.

"그리하지."

야현의 말대로 뒤처리를 할 수밖에 없는 상황이 되었다. 몇 마디 더 주고받은 후 팽일로와 팽무강은 자리에서 일어났다.

"휴우—."

장주실을 나가는 팽일로는 저도 모르게 한숨을 내쉬었다.

야현을 만나 자신의 뜻대로 이뤄진 것은 하나도 없었다. 그가 원하는 대로 이끌려가기만 했다.

오늘도 어김없이.

문득 한숨을 내쉬었다가 팽무강과 함께 온 것을 떠올린 팽일로는 고개를 돌렸다.

자신을 바라보는 팽무강.

"가자꾸나."

팽일로는 무거운 얼굴로 팽무강과 함께 장원을 나섰다.

"부르셨습니까, 주군."

독고결이 야현 앞에 섰다.

"태사 양하윤, 오늘 안으로 죽여."

"사인(死因)은 어떻게 하면 됩니까?"

"문제만 일으키지 않을 정도면 뭐든 상관없다."

"명!"

독고결이 자리에서 사라지고 야현도 자리에서 일어났다.

"주군."

베라칸이 뒤를 따랐다.

"쉬고 있어."

"하오나."

"밤이야."

야현의 짧은 말에 베라칸은 뒤로 물러났다.

"그럼 가볼까?"

야현은 장주실 문을 열고 밖으로 나갔다. 그리고 채 몇 걸음 내딛기도 전, 그의 신형은 어둠 속으로 사라졌다. 야현이 다시 모습을 드러낸 곳은 진경 내 어느 장원 지붕 위였다.

그 장원은 이황자 화왕, 주희의 사가였다.

야현은 붉은 동공을 확장시켜 장원을 훑었다.

붉은 시선이 어느 한 곳에서 멈췄다.

야현의 입꼬리가 슬쩍 말려 올라가며 다시 어둠 속으로 사라졌다.

장대한 기골에 호상인 황제와 달리 호리호리한 몸에 가늘게 치켜 올라간 눈썹, 찢어진 눈초리를 한 화왕은 한눈에도 유약하고 예민해 보였다.

화왕은 무언가에 쫓기는 듯 초조한 얼굴로 엄지손톱을 연신 뜯으며 벌컥벌컥 술을 마시고 있었다. 술잔이 비면 어김없이 다시 술이 채워졌다.

그렇게 마시기를 연거푸.

어느새 술이 떨어지자 화왕은 술병을 들고는 신경질적으

로 소리를 질렀다.

"술을 더 가져와라, 더!"

화왕의 시중을 들던 궁녀가 겁에 질린 얼굴로 자그만 술독을 가져왔다.

좌르르르—

화왕은 술독 입구를 거칠게 뜯은 후 술잔에 술을 따라 들이켰다. 그러고는 안주로 차려진 음식에는 손도 안 대고 다시 술을 따랐다.

발까지 덜덜 경박하게 떠는 것이, 꼭 무언가에 쫓기는 듯한 모양새라 애처로워 보일 지경이었다.

야현은 천장 아래 상량에 앉아 그런 화왕을 내려다보고 있었다.

'쯧.'

야현은 조소와 함께 혀를 찼다.

한눈에도 무슨 연유로 저러는지 알겠다.

어미인 조 귀비에게 암살에 대해 넌지시 언질을 받은 것이 분명했다. 그리고 거사만 성공한다면 황제가 될 수 있다는 말도 아마 들었을 것이다.

생김새도 그렇고 배포도 그렇고, 보아하니 황제의 피보다는 어미의 피가 더 진한 모양이었다.

아니면 황제의 씨가 아닐지도.

탁!

야현이 아래로 뛰어내렸다.

"누……!"

야현의 등장에 깜짝 놀라 소리를 터트리려던 화왕은 야현의 붉은 동공을 마주하자마자 몸이 석상처럼 굳어 버렸다.

야현의 눈가가 슬쩍 찌푸려졌다.

몸이 굳어졌다지만 눈은 흔들리고 있었고, 천천히 닫혀 가던 입이 다시 벌어지기 시작한 것이다.

기의 반발이었다.

고수였다면 여지없이 최면이 깨졌을 터.

여기서 더욱 강한 최면을 걸면 열에 아홉은 뇌가 녹아 백치가 된다. 그렇다고 남은 하나도 괜찮다는 말은 아니었다.

어차피 죽일 자.

야현은 더욱 강한 뇌파를 화왕에게 쏘아 보냈다.

그제야 흔들리던 눈동자도, 몸도 완전히 멈췄다.

하지만.

화왕의 코에서 붉은 피가 주르르 흘러내렸다.

"이런."

야현은 재빨리 손수건을 꺼내 화왕의 코에서 흘러내리는 피를 닦았다.

"앉으세요."

화왕이 꼭두각시 인형처럼 자리에 앉았다.

야현은 그런 그의 손에 술잔을 쥐여 주었다.

"보자."

야현은 아공간에서 검은 액체가 담긴 자그만 유리병을 꺼냈다.

마법으로 만들어 낸 인공적인 독이었다.

"이곳은 마법이 없어 참으로 편하단 말이야."

야현은 심장 마비를 일으키는 독을 술잔에 따랐다.

지금 야현이 사용하는 독은 사용 즉시 심장 마비를 일으킨 후 독성이 사라지지만 문제는 마법의 기운, 즉 다크 마나의 흔적이 남는다.

서방에서라면 신관이나 마법사가 그 흔적을 찾을 수 있겠지만 이곳은 아니다.

끼익—

그때 문이 열리고 궁녀가 안으로 들어왔다.

"누구?"

야현은 고개를 돌려 미소를 지으며 붉은 동공을 확장시켰다. 그러자 궁녀는 조용히 문을 닫고 한쪽 구석에 시립했다.

오늘 밤 안으로 화왕의 시신을 확인할 누군가가 필요했는데 제 발로 찾아온 것이다.

"좋군."

일이 슬슬 풀려 기분이 좋은 듯 야현은 미소를 지으며 화왕 맞은편에 앉았다.

"쭉 드세요."

우두커니 앉아 있던 화왕이 술잔에 든 술을 단숨에 쭉 들이켰다.

"컥!"

화왕은 술잔을 내려놓기도 전에 왼쪽 가슴을 움켜잡으며 짧은 신음을 터트렸다. 술기운에 붉어졌던 얼굴이 한순간 창백해지는가 싶더니 이내 더욱 붉어졌다.

"끄으."

고통이 담긴 짧은 신음을 흘리며 화왕은 바닥으로 쓰러졌다. 그리고 한차례 몸을 바르르 떨다가 축 늘어졌다.

그와 함께 바닥에 떨어져 부서졌어야 할 술잔은 여전히 허공에 떠 있었다.

쪼르르—

야현은 그 술잔에 술을 따라 한 잔 쭉 들이켰다.

"좋군."

투박한 술독과 달리 술은 상당히 좋았다.

술잔에 묻어 있다 퍼진 여독의 알싸함까지.

두 잔 더 마시자 술잔에서 더는 독 맛이 느껴지지 않았다.

야현은 화왕 옆으로 술잔을 던져 깨트리고는 몸을 돌려

멍하니 서 있는 궁녀를 쳐다보았다.

"이제 무얼 해야 하죠?"

"이 사실을 빨리 알려야 합니다."

"누구에게?"

"조 귀비 마마님께요."

궁녀의 대답에 야현은 빙그레 미소를 지었다.

"본인을 기억에서 지우세요."

야현이 궁녀 앞에서 손가락을 튕기며 신형을 감췄다.

"꺄아악!"

잠시 후 눈동자가 또렷해진 궁녀는 바닥에 쓰러져 있는 화왕을 발견하고는 비명을 내질렀다. 궁녀는 이내 밖으로 튀어 나갔고, 장원은 금세 소란스러워졌다.

한 사내가 땀을 뻘뻘 흘리며 어디론가 뛰어가고 있었다.

바로 자금성이었다. 멈추지 않을 것만 같은 걸음이 자금성 남문 앞에서 세워졌다.

"급한 일이오. 이 서찰을 조 귀비 마마님께."

"무슨 일인데 그러시오?"

"화, 화왕 전하께서 별세하셨소. 그러니 어서!"

"히익!"

대수롭지 않게 서찰을 건네받던 금의군 병사는 기겁하며

재빨리 궁 안으로 사라졌다.

그리고 그 서찰은 조 귀비의 궁으로 전달되었다.

동시에 검은 그림자 하나가 궁으로 스며들었다.

"마, 마마!"

상궁이 떨리는 목소리로 조 귀비의 침소로 들어섰다.

"무슨 일이냐?"

이미 잠자리에 들었던 조 귀비가 탐탁지 않은 목소리로 자리에서 일어났다.

"마, 마마!"

상궁은 더욱 목소리를 떨며 서찰을 건넸다.

"무슨 일이냐? 왜 목소리를 그렇게 떨어?"

조 귀비는 불길함에 서찰을 빼앗듯 건네받았다. 그러고는 거칠게 봉투를 찢으며 서찰을 펼쳤다.

"희, 희가 죽어?"

"마마!"

조 귀비는 너무 놀라 그저 눈만 껌뻑거렸고, 그런 그녀 앞에 상궁이 오열하며 쓰러지듯 바닥에 엎드렸다.

"아니야, 아니야! 그럴 리가 없어! 희가, 희가 왜 죽어! 희가 죽을 리 없다."

조 귀비는 자신에게 최면을 걸듯 중얼거리며 연신 고개를 저었다.

"아니다. 지금 희를 봐야겠다."

조 귀비는 정신 나간 얼굴로 자리에서 일어났다.

"뭐 하느냐? 어서 채비를 하지 않고!"

조 귀비는 찢어지는 목소리로 바닥에 엎드려 있는 상궁에게 소리쳤다.

"마마, 지금은 폐문이 되어 그 누구도 나갈 수 없나이다."

상궁은 울음 섞인 목소리로 조 귀비를 말렸다.

"나갈 것이다. 나갈 것이야!"

조 귀비는 상궁의 도움 없이 옷을 주섬주섬 챙겨 들었다.

"마마!"

상궁은 그런 조 귀비를 말렸다.

그런 둘 사이에 한 그림자가 솟아올랐다.

"안녕들 하세요."

야현이었다.

"누······!"

"······!"

소란 치던 조 귀비도, 그를 말리던 상궁도 야현의 붉은 동공을 마주한 순간, 멍하니 손을 축 내렸다.

야현이 상궁을 쳐다보며 속삭였다.

"이러시면 아니 되옵니다. 마마."

"이러시면 아니 되옵니다. 마마!"

상궁은 큰 목소리로 앵무새처럼 야현의 말을 따라 했다.

"봐야겠다. 지금 봐야겠어."

"봐야겠다. 지금 봐야겠어!"

조 귀비 역시 야현의 속삭임에 감정을 담아 소리쳤다.

"고정하시옵소서."

"고정하시옵소서!"

"……."

"……."

"내일 개문이 되는 즉시 뫼시겠습니다. 힘드시더라도 참으시옵소서."

"내일 개문이 되는 즉시 뫼시겠습니다. 힘드시더라도 참으시옵소서!"

"정녕 방법이 없는 게냐?"

"정녕 방법이 없는 게냐?"

"그러하옵니다, 마마."

"그러하옵니다, 마마!"

야현의 시선에 조 귀비가 털썩 주저앉았다.

"희는 괜찮겠지?"

"희는 괜찮겠지?"

"무사하실 것이옵니다, 마마. 그러니 고정하시옵소서."

"무사하실 것이옵니다, 마마. 그러니 고정하시옵소서!"

한 편의 연극이 조금 더 이어지다가 끝났다.

"나가보거라."

"나가보거라!"

"예, 마마."

"예, 마마!"

"몸이 안 좋구나. 쉬어야겠다. 그러니 아무도 들이지 말거라."

"몸이 안 좋구나. 쉬어야겠다. 그러니 아무도 들이지 말거라!"

상궁이 나가고 야현은 멍하니 앉아 있는 조 귀비 앞에 섰다.

이 정도 목소리면 밖에 대기하고 있는 어린 상궁들이나 내시들도 들었으리라. 그리고 상궁에게 아무도 들이지 못하게 하라 명했으니 해가 뜰 때까지 들어오는 이는 없을 것이다.

야현의 최면에 조 귀비는 자리에서 일어나 겉옷을 찢어 긴 줄을 만들었다. 그리고 그 줄을 상량에 걸고는 스스로 목을 맸다.

조용히 파닥거리던 조 귀비의 몸이 잠시 후 축 늘어졌다. 숨이 끊어진 것을 확인한 야현의 신형은 그 자리에서 사라졌다.

동이 막 틀 무렵 새벽.

"북진무사 대인."

금의위 소속 천부장 장수가 팽일로를 찾았다.

"무슨 일이냐?"

"밤새 이황자 전하께서 별세하셨습니다."

"……!"

팽일로의 눈매가 꿈틀거렸다.

"그리고 비탄을 이기지 못한 조 귀비 마마께서 자진을 하셨다 합니다."

"흠!"

짧은 신음.

"그 소식에 새벽, 이황자 전하 사가로 출타했던 태사 양하윤 대인이 자객의 손에 그만 목숨을 잃었습니다."

"이황자 전하의 사인은 어찌 되는가?"

"궁녀의 말에 의하면 술을 드시다가 갑자기 가슴을 부여잡고 쓰러지셨다 합니다. 검시가 이뤄져야 정확히 알겠지만 진심통이 아닐까 생각이 듭니다."

"어의를 불렀나?"

"아직 부르지 않았습니다."

"어의 중에 이야기가 잘 통하는 이가 있나?"

"유 어의가 소장과 친교가 제법 두텁습니다."

잠시 생각에 잠겼던 천부장이 대답했다.

"유환이라…… 나쁘지 않군."

팽일로는 고개를 끄덕이며 천부장의 눈을 직시했다.

"검시는 하되 돌연사로 결과를 내라."

"……명!"

순간 우물쭈물하던 천부장은 이내 복명했다.

"가서 유 어의를 데리고 이황자 전하의 사가로 오라."

"명!"

천부장이 나가고 팽일로는 잠시 한숨을 내쉬었다.

평생 자신의 곁을 지키던 섭평의 부재가 너무나도 아쉽고 가슴이 아팠다. 물론 지금의 천부장도 자신의 수하임이 틀림없다. 그리고 믿을 수도 있다. 문제는 섭평처럼 열에 열, 자신의 목숨을 믿고 맡길 수 있는 수하는 아니었다. 섭평이라면 조금 전 명에 일시의 틈도 없이 복명했을 것이다.

'살아는 있느냐?'

대답은 없다.

그리고 아마 대답을 평생 들을 수 없을 것이다.

'하오문!'

팽일로의 눈동자가 시퍼렇게 변했다.

"폐하."

상선이 어린 내시의 말에 안색을 굳히며 황제에게로 다가 갔다.

"무슨 일이냐?"

막 세안을 마치고 얼굴을 닦던 황제가 물었다.

"간밤에 이황자 전하께서 급성 진심통으로 별세를 하였다 고 하나이다."

비단 수건을 궁녀에게 넘기던 황제의 몸이 움찔했다.

"또한, 그 슬픔을 이기지 못하여 조 귀비 마마께서도 어젯 밤 목을 매어 자진하였다고 하나이다."

황제는 두 눈을 질끈 감으며 비통한 모습을 내비쳤다.

"모두 물러가라. 잠시 홀로 있고 싶구나."

모두가 물러간 빈 침소, 황제가 자리에 앉았다.

비통하던 모습은 어디에도 없었다.

"짐의 비검으로 손색이 없어."

황제는 야현을 떠올리며 흡족한 미소를 지었다.

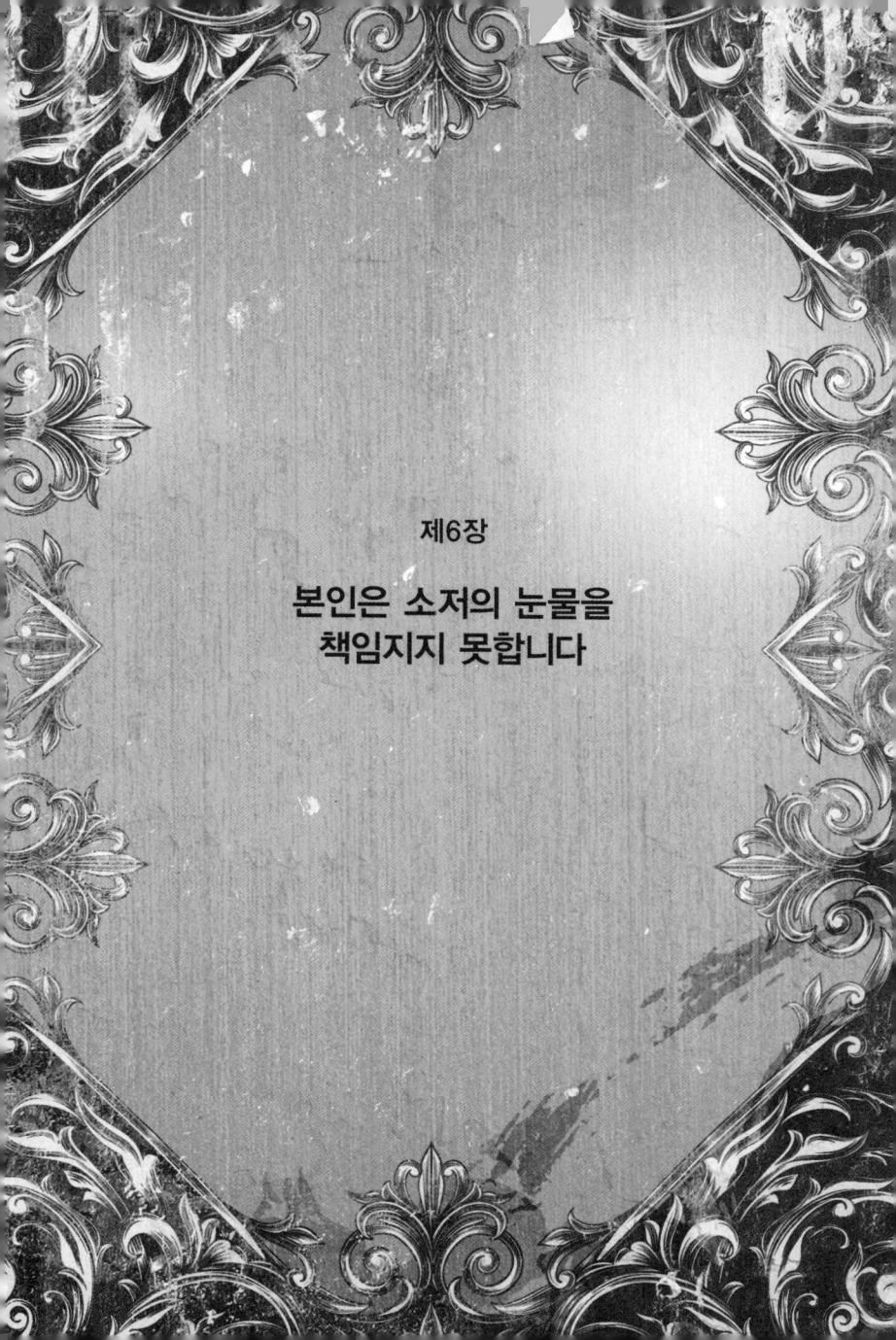

제6장

본인은 소저의 눈물을
책임지지 못합니다

Vampire

"흠~ 흐음~ 흠흠."

야현은 정자에 반쯤 누워 아침 햇살을 쐬며 왈츠곡을 허밍으로 부르고 있었다.

그러던 야현이 문득 고개를 돌렸다.

정자로 흑오와 월영이 다가오고 있었다.

"주군."

흑오가 허리를 숙였다.

"올라와."

야현이 몸을 일으켜 정자 난간에 걸터앉았다.

"결론은 내렸나?"

야현의 물음에 흑오가 우물쭈물하자 월영이 나섰다.

"그 전에 조건이 있어요."

"조건?"

야현의 눈썹이 올라갔다.

"허락이 필요해요."

달라진 야현의 분위기에 월영이 서둘러 말을 바꿨다.

"말해 봐."

더 이상의 존대는 없었다.

"하오문의 문주직을 소녀에게 주세요."

야현은 팔짱을 끼며 흑오를 잠시 쳐다보고는 다시 월영에게로 시선을 옮겼다.

"흑오 님은 야 소……, 주군의 총사로 남게 해 주세요."

야현을 부르는 월영의 호칭이 빠르게 바뀌었다.

"이유는?"

야현이 뭔가 알았다는 듯 입꼬리를 슬쩍 말아 올리며 물었다.

"흑오 님은 최선을 다해 주군께서 밤의 황제, 야황이 되실 수 있도록 보필할 것입니다."

야현은 턱을 괴며 월영을 빤히 쳐다보았다.

"지금은 그대가 흑오보다 낫군."

월영이 희열에 찬 눈빛으로 입술을 꾹 닫았다.

"그 생각에 누군가의 입김도 들어갔겠고."

순간 월영의 얼굴이 미세하게나마 굳어졌다.

둘이 합치는 건 월하파파, 그녀가 하오문을 이끌고 흑오가 총사로서 책무를 행한다는 것은 카이만의 생각이리라.

"혼례는 언제 치를 거지?"

월영의 굳어졌던 안색이 풀렸다. 야현의 말에 허락한다는 뜻이 내포되어 있었기 때문이었다.

"감사합니다, 주군."

흑오가 허리를 숙였다.

"하오문 수습을 끝낸 후에 치르겠어요."

"한 달의 시간을 주지. 그 안에 모두 정리해."

야현은 손을 저어 축객령을 내렸다.

흑오와 월영은 공손하게 허리를 숙인 후 정자를 내려갔다.

"카이만."

야현은 둘이 사라지자 나직하게 카이만을 불렀다.

"우히히히!"

카이만이 모습을 드러내며 정자로 올라왔다.

"네놈 짓이지?"

"우히히히."

긍정의 웃음.

"이야기를 나눠 보니 여걸입니다. 하오문인가 뭔가를 잘 이

끌어갈 것입니다."

"본인도 알아. 당차지. 머리도 제법이고."

"우히히히."

카이만은 괴소를 보인 후 말을 이어 갔다.

"속하, 잠시 왕국에 다녀와야겠습니다."

"왕국?"

"슬슬 일이 시작되기 전에 워프 게이트 진 확장도 하고, 친위 기사단도 데려와야 하지 않겠습니까? 우히히히."

카이만이 베라칸을 슬쩍 쳐다보았다.

"필요하면 병력도 불러들일 수 있게 말입니다."

"제법 걸릴 듯싶군."

"보름에서 한 달은 걸릴 듯합니다. 우히히히!"

"다녀와."

야현은 말을 하다 하늘을 올려다보았다.

구름 한 점 없는 파란 하늘이 눈부셨다.

"결."

"예, 주군."

은신해 있던 독고결이 야현 앞에 모습을 드러냈다.

"달포가량 자리를 비우겠다. 혹시 모르니 그동안 흑오를 도 와."

"어디로 외유를 떠나시는지 감히 여쭤 봐도 되겠습니까?"

"모용세가도 한번 들러 보고, 풍광 좋은 명승지도 돌아볼 참이다."

"알겠습니다."

독고결이 다시 신형을 감췄다.

"베라칸, 갈까?"

중원으로 넘어와 어쩌다 보니 쉴 새 없이 움직였다.

수하들이 벌여놓은 일이 태산 같아 본격적으로 움직이게 되면 정신없을 것이 분명했다.

잠시의 휴식쯤은 괜찮으리라.

                    *   *   *

잔잔한 물결이 끝을 모르고 펼쳐져 있어 바다라고도, 호수라고도 할 수 없는 동정호는 그 자체로 한 폭의 절경이었다.

그 풍광을 만끽할 수 있는 악양루.

천하 삼대 누각으로 명성이 자자한 악양루에 야현이 올랐다.

악양루에서 보는 일출이 가히 천하제일경이라고 하나 일몰 또한 그에 못지않다.

일몰을 보기 위해 악양루 삼 층 누각에 오른 야현은 슬쩍 눈살을 찌푸렸다. 제법 많은 수의 서생들과 연인들이 풍광을 즐기려 이미 자리하고 있었기 때문이었다.

더욱이 가장 좋은 자리에 네 명의 선남선녀들이 널찍하게 자리를 잡고 앉아 있었다. 시녀로 보이는 이들의 시중을 받을 뿐 아니라, 차려입은 무복이 고급이고 주변의 다른 이들이 눈치를 살피는 것을 보니 무림의 후기지수들인 모양이었다.

"하하하하!"

"호호호호!"

무엇이 그리 즐거운지 후기지수들의 대소가 악양루에 울려 퍼졌다. 그들 때문에 고즈넉하고 여유롭게 일몰을 보려던 계획은 애초에 틀려 버렸다.

사실 그런 이유가 아니더라도 이들과 함께 즐길 생각은 없었지만!

좋은 풍광은 홀로 즐겨야 제맛!

"베라칸."

"예, 주군."

"아래에서 병사 한 명을 데리고 와."

야현의 호패를 건네받아 내려간 베라칸이 잠시 후 장수 한 명을 데리고 올라왔다.

"충! 정천호 기 모가 도어사 대인을 뵈옵니다."

장수는 긴장한 듯 핼쑥한 얼굴로 군례를 취했다. 그러곤 의자 하나를 들고 뒤따라오는 병사를 손짓으로 재촉했다. 병사는 벌벌 떠는 손으로 의자를 내려놓고 바닥에 바싹 엎드렸다.

야현은 의자에 앉으며 장수에게 물었다.

"조용히 술 한잔 하고 싶은데, 가능할까요?"

"가, 가능합니다."

그렇게 대답하고는 엎드려 있는 병사의 옆구리를 발로 툭툭
쳤다. 병사는 눈치가 빠른 이였는지 금세 그 의미를 알아차리
고 아래로 헐레벌떡 뛰어 내려갔다.

잠시 후 백호장쯤으로 보이는 하급 장수 두 명과 십여 명의
병사들이 악양루 삼 층으로 우르르 몰려 올라왔다.

"자리를 비우라!"

"어서 썩 내려가라!"

두 하급 장수들은 병사들을 지휘해 악양루 삼 층을 정리하
기 시작했다.

악양루에서 가장 풍광이 좋은 중앙 쪽 자리에 일녀삼남이
앉아 있었는데 그중 여인의 미모는 놀라울 정도로 아름다웠
다.

사천당문의 당린린.

천하에 우열을 가리기 힘들 정도로 아름다운 여인들이 있어,
그녀들을 다섯 송이의 꽃에 빗대어 일컫기를 독화(毒花), 마화
(魔花), 사화(死花), 매화(梅花), 그리고 황화(皇花)였다.

당린린은 그중 독화였다.

독을 다루는 사천당문 이녀에 스스로 독을 품었다 하여 독화, 참으로 잘 어울리는 별호가 아닐 수 없었다.

당린린은 오랜만에 가문을 벗어나 바깥바람을 쐬는 지금, 너무나도 기분이 좋았다. 또 알아서 비위를 맞춰주는 떨거지들, 호랑이가 없는 산에 여우가 왕이라고 호남성에서 제법 이름을 날리는 세 명의 중소 세가 소가주들 덕에 몸도 편했다.

굳이 지시를 하지 않아도 알아서 이렇게 좋은 자리를 만들어 내지 않았던가.

거기에 맛깔스러운 음식들과 술까지.

그런데 그 좋던 기분이 깨졌다.

당린린의 미간이 찌푸려지자 아니나 다를까 세 명의 소가주들은 그저 잘 보이겠다고 서로 앞장서서 자리에서 일어났다.

"소저, 잠시만 기다리시오. 이런 일쯤이야. 하하하."

"강권문하면 관에서도 한발 양보해 주오."

"이곳 지휘사 대인과도 안면이 있으니 양보를 받을 수 있을 게요."

세 명의 소가주들은 경쟁이라도 하듯 자리에서 일어나 천호장에게로 성큼 걸어갔다.

"흐응."

당린린은 우습지도 않은 그들의 행동에 묘한 콧소리를 내며 그들이 어찌하나 고개를 돌렸다.

그때, 자연스레 시선을 끄는 이가 있었으니 바로 의자에 앉아 있는 야현이었다.

"……!"

당린린의 눈이 동그랗게 떠졌다.

'무, 무슨 사내의 얼굴이……'

잠시 넋을 잃을 정도로 야현의 얼굴은 아름다웠다.

굳이 흠을 잡자면 창백해 보이는 얼굴빛?

아니다.

오히려 창백하게 보이는 새하얀 얼굴이 묘한 매력을 주었다.

제법 반반하다는 사내들을 여럿 만나 봤었다. 그들 모두 뭇여인들의 마음을 흔들 정도로 잘 생기기는 했었지만 당린린의 가슴을 흔들지는 못했다.

매일 거울을 통해 보는 것이 자신의 미모이니 어지간한 외모로는 눈에 차지 않는 그녀였다.

그나마 그녀의 마음에 차는 이가 남궁세가의 소가주 남궁강이었다. 외모도 그만하면 나쁘지 않았고, 무엇보다 마음에 드는 것은 그의 강함이었다.

그런 그녀의 심장이 처음으로 흔들렸다.

사내, 야현의 부드러운 미소가 입가에 번졌다.

그 미소에 당린린의 눈동자가 흔들렸다.

심장처럼.

호남에 제법 위세를 떨치는 세 무림 가문이 있었다.

일도단가, 강권류가, 신검방이 그 가문들이었다.

천부장은 소가주들을 보자 눈가를 찌푸렸지만 이내 표정을
풀고 인사를 받았다.

"오랜만입니다, 천부장."

"호남삼문의 소가주들이 아니시오?"

무림에서야 그 이름이 미약하다지만, 적어도 호남에서는 그
세 가문을 무시할 수 있는 이는 그다지 없었다. 더욱이 장강에
서 동정호로 이어지는 수로에서 패악을 일삼는 수적 토벌에 협
력하는 사이이기에, 더욱 그러했다.

"귀한 손님을 모셨소. 어찌 안 되겠습니까?"

"하아—."

천부장은 조용히 한숨을 쉬며 세 소가주들을 이끌고 구석
으로 갔다.

"미안하외다. 오늘은 소가주들께서 양보를 해 주셔야겠소."

그 말에 소가주들의 낯이 찌푸려졌다.

"모르는 사이도 아니고 너무 하시오."

소가주들은 당린린의 눈치를 살피며 역정을 냈다. 그러면서
부친들과 동정호 일대를 관할하는 지휘사의 이름도 들먹였지

만 아무 소용 없었다.

"지휘사께서 오셔도 소용없소."

천부장의 말에 당연히 소가주들의 눈이 휘둥그레졌다.

"아니, 도지휘사께서 오셔도 이번만큼은 소가주들께서 양보를 해 주셔야 합니다."

"도, 도대체 저 이가 누구길래?"

"도어사 대인이시오. 저분 세 치 혀면 지휘사는 물론, 도지휘사의 목도 날아가오. 자칫 기분이라도 상하게 했다가는 황상 능멸죄라 하여, 호남 도지휘사사 내 모든 병력을 동원해 세 가문을 쑥대밭으로 만들지도 모를 일이오. 저분을 막을 수 있는 건 오직 황제 폐하뿐이오."

야현의 권력이 벌써 이곳까지 영향력을 끼친 모양이었다.

"도어사 대인은 황제 폐하의 검이오."

"아직 멀었소이까?"

베라칸이었다.

"아, 아니오. 다 정리되었소이다."

천부장은 소가주들에게 눈치를 주며 빠르게 삼 층을 정리했다.

"젠장."

소가주 중 한 명이 야현과 당린린을 흘깃 번갈아 쳐다보곤 욕지거리를 삼켰다.

"어찌해야 하나?"

"이 아래 고급 객잔도 풍경이 나쁘지 않으니 그곳으로 갈 수밖에."

"체면이 말이 아니군."

그들이 어찌할 수 없는 상황.

아니, 가주들이 와도 안 되는 상황이라 소가주들은 짜증을 애써 감추며 당린린에게로 향했다.

소가주들 딴엔 속삭인다고 속삭였지만 이미 그들의 대화를 모두 들은 당린린이었다.

"이제껏 고마웠어요. 그만 가보세요."

당린린은 그들에게 시선도 주지 않고 차갑게 말을 던졌다.

"소, 소저."

소가주들은 당황하며 그녀를 불렀지만 돌아온 것은 싸늘한 눈빛뿐이었다.

"내 말 못 들었나요?"

당린린 몸에서 검은 기운이 넘실거렸다.

독.

"다, 다음에⋯⋯."

"그, 그럼 실례하겠소."

소가주들은 기세에 눌려 서둘러 악양루를 내려갔다.

'황제의 검, 도어사.'

그나마 남궁강에게 관심을 가졌던 당린린이었다.

그렇기에 조금은 가까운 사이였다.

당린린이 원해서가 아니라 남궁강이 더욱 원해서.

눈에 차는 이가 남궁강뿐이니 당린린도 그를 만날 뿐이었다. 하지만 완벽히 마음에 드는 것은 아니다. 이대로 그와 혼례를 치를 수도 있지만 썩 내키지는 않았다.

사천당문의 가풍은 데릴사위를 지향한다. 그렇지 않다면 가문의 무공, 독공을 폐한다.

독공을 포기할 정도로 그를 사랑하지 않는다.

하지만.

그저 가끔 머릿속으로 그려 보는 사내가 눈앞에 나타났다.

자신이 혹할 정도로 아름다운 사내다.

거기에 일성의 군대를 지휘하는 도지휘사도 어찌하지 못할 정도로 강한 권력을 가졌단다. 무공과는 또 다른 강한 힘을 가진 사내.

당린린은 허리를 꼿꼿하게 세워 더욱 가슴을 도드라지게 만들며 소가주들에게는 한 번도 보여 주지 않은 미소를 드러냈다.

'후후후.'

그녀의 시선이 뜻하는 바를 야현이 모를 리 없었다.

"도, 도어……."

자리를 비키지 않는 당린린의 행동에 잠시 당황한 천부장을 베라칸이 손으로 막아서며 고개를 저었다.

방해하지 말라는 뜻.

그때 한 병사가 뛰어 올라와 천부장에게 뭔가 속삭였다.

"도어사 대인."

그 말에 야현은 당린린에게서 눈을 떼며 고개를 돌렸다.

"지휘사께서 뵈시겠다는 전갈을 보내왔습니다."

야현은 당린린을 짧게 쳐다본 후 천부장을 바라보며 입을 열었다.

"지휘사께 말씀을 전해 주세요. 오늘은 선약이 있어 안 될 듯하니 본인이 내일 직접 찾아뵙고 사과의 뜻으로 술 한잔 사겠다고."

"알겠습니다."

천부장이 굳이 명령을 내리지 않아도 기별을 가져온 병사도 들은 터라 그와 눈빛을 교환하고 바로 내려갔다.

그러면서 천부장은 야현과 당린린을 흘깃 쳐다보았다.

그가 봐도 선남선녀.

동시에 언감생심.

어차피 같은 땅에 살아도 다른 세상 사람들이나 매한가지였기에 저도 모르나 쓴웃음이 지어졌다가 사라졌다.

"술상을 차리겠습니다."

그 말에 야현이 손가락을 튕기자 베라칸이 금자 다섯 냥을 천부장에게 주었다.

"헙!"

너무나도 큰돈에 천부장은 헛바람을 들이마셨다.

"본인 때문에 뜻하지 않은 수고를 끼쳤으니 수하들과 함께 술 한잔 드세요."

"가, 감사합니다. 도어사 대인."

천부장은 허리를 넙죽 숙이며 병사들을 모두 데리고 아래로 내려갔다.

야현이 자리에서 일어나 당린린이 있는 곳으로 걸어갔다.

"반갑습니다, 소저. 야현이라 합니다."

야현은 당린린의 오른손을 당겨 손등에 입을 맞췄다.

"어머!"

많은 남자를 만나 봤지만 이런 행동은 처음인지라 당린린은 놀랄 수밖에 없었다. 하지만 싫지 않았다.

"호호, 재미난 분이군요."

당린린은 야현의 손을 가볍게 움켜잡았다가 슬그머니 손을 뺐다.

"당린린이라고 해요."

"당가면?"

"사천당가."

"사천당가에 이처럼 아름다운 숙녀분이 계신지 미처 몰랐습니다."

"어머?"

당린린은 눈을 동그랗게 뜨며 야현을 쳐다보았다.

"정녕 소녀에 대해 들은 것이 없나요?"

"본인의 혜안을 넓혀주시지요."

"호호호호."

당린린은 입으로 손을 가리며 웃음을 터트렸다.

"재미난 분이시군요."

야현은 당린린에게 여러모로 신선했다. 관에 있는 사람이니 한편으로 이해가 되기도 했다.

"이 독화를 모르시는 분은 야 대인이 처음이네요."

대략 소개가 끝날 무렵 병사들이 돗자리를 깔고 커다란 상을 펼쳤다.

뒤이어 따끈따끈한 김이 피어오르는 음식들과 술들이 한 상 가득 차려졌다.

"아래층에 병사를 대기시켜 놓겠습니다. 필요한 것이 있으시면 언제든지 시키십시오."

천부장이 다시 올라와 술상을 점검했다.

"그리고 이 아래 호풍객잔에 별채를 잡아 놓았습니다."

"고맙습니다."

"그럼 즐거운 시간 되십시오."

천부장이 내려가고 야현이 술상에 앉자 당린린도 맞은편 자리로 걸음을 옮기려 했다. 하지만 야현이 그녀의 손목을 잡아 자신의 옆에 앉혔다.

"상이 큽니다. 아름다운 얼굴을 가까이에서 보고 싶습니다."

"짓궂은 분이시군요."

당린린은 몸을 틀면서도 손을 빼지 않았다.

야현은 술잔을 채워 당린린의 손에 쥐여 주고 난 후 자신의 잔을 채워 들었다.

"우리의 아름다운 만남을 위하여."

"위하여."

둘은 서로의 눈을 마주하며 잔을 털어 냈다.

"사천당가의 귀한 여식께서 이렇게 홀로 다녀도 되는 것입니까?"

야현은 당린린의 잔을 채우며 물었다.

"호호호호, 안 되죠."

"이런."

"남궁세가에 일이 있어 아버지와 오라버니가 길을 떠났어요. 그때 남궁세가 남궁 소가주를 만나겠다는 핑계를 대고 따라나섰어요."

"그리고 몰래 도망쳤다?"

"맞아요."

당린린은 시원하게 잔을 비우며 대답했다.

"명망 있는 무림 세가 출신의 연인이라."

"가까운 건 사실이지만 연인은 아니랍니다."

당린린은 눈웃음을 그렸다.

"아하! 남궁 소가주께서 소저를 따라다니는군요."

야현이 손바닥을 마주치며 말했다.

"맞아요."

"그런데 왜 도망을 치셨나요?"

"좋은 사람이에요."

좋은 사람인데 그를 핑계 삼아 나와 그 길로 도망을 쳤다?

"가벼이 말을 하지 않고, 우직하고, 한눈팔지 않으며, 자신 감으로 가득 찬 인물이군요."

짝!

당린린은 손바닥을 탁 치며 까르르 웃었다.

"맞아요. 남궁 소협을 아시나요?"

"모릅니다."

"근데 어찌 아셨나요?"

"그는 좋은 사람, 본인은 나쁜 사람. 본인의 정반대로 이야 기한 것뿐입니다."

"호호호호호호!"

당린린은 눈가에 눈물까지 찍어 내며 웃음을 터트렸다.

"꽤나 여인들을 울렸겠어요."

"그대도 마찬가지일 듯싶습니다."

"나쁜 남자와 나쁜 여자의 만남인가요?"

당린린이 술잔을 들었다.

"미리 경고를 하겠는데 본인은 소저의 눈물을 책임지지 못합니다."

야현은 매혹적인 미소를 지었고.

"그건 두고 봐야 아는 거랍니다."

그에 뒤질세라 당린린은 요염한 미소를 드러냈다.

챙.

두 술잔이 부딪쳤다.

제7장

대답을 찾으면 찾아오세요

"으음."

당린린은 호풍객잔 삼 층 창문으로 동정호를 내려다보며 감미로운 신음을 흘렸다.

짜릿함이 당린린의 입가에 미소를 가져다주었다.

동정호.

천하 절경 중 절경이다.

그렇기에 봄이면 봄, 여름이면 여름, 가을, 겨울 어느 한 계절 빠짐없이 풍류객들이 넘치는 곳이었다. 고급 객잔부터 해서 허름한 객잔까지, 언제나 모든 곳이 만원이었다.

하지만 지금 창문으로 내려다보고 있는 이곳, 호풍객잔.

그 어떤 객도 없다.

시선을 내려 객잔 앞 소로를 쳐다보았다.

병사들이 객잔을 철통같이 지키고 서 있었고, 객잔으로 들어서려는 이들을 막아서며 물리고 있었다.

당린린의 눈동자에 묘한 환락이 일렁였다.

사천당가가 제아무리 천하에 이름을 올리고 무림을 오시하는 무가라고 해도 이렇게 하지는 못한다. 자신 또한 감히 홀로 객잔 하나를 사용할 수 있을 거라 생각지 못했다.

그런데 저 사내.

두 개의 술잔을 들고 다가오는 야현은 너무나도 가볍게 객잔 하나를 빌렸다. 아니, 알아서 가져다 바쳤다.

손님 하나 없이 비어 있는 객잔.

군사 수십의 호위에 객잔 주인, 총관을 비롯해 시녀들과 요리사가 이 열로 자신을 맞이하는 것까지.

짜릿하다.

이제껏 느껴보지 못한 쾌감이었다.

그리고 알았다.

자신과 가문이 가졌던 힘은 반딧불보다 못하다는 것을.

"여기."

야현이 술잔을 넘겼다.

"······?"

야현이 넘긴 술잔은 처음 보는 형태의 유리잔이었다.

그 안에 담긴 술 또한 처음 보는 색깔이었다.

"아—."

나직한 탄음이 나올 정도로 투명한 붉은색, 그리고 그 색을
더욱 돋보이게 만드는 유리잔.

"와인이라는 술입니다. 이곳 말로는 포도주 정도가 되겠군
요."

쨍.

야현이 술잔을 들어 잔을 부딪쳤다.

"아—."

조심스럽게 한 모금 마신 당린린의 입에서 자연스러운 감탄
사가 터져 나왔다.

인위적이지 않은 은은한 단맛에 입안을 깔끔하게 만드는 떫
은 맛까지. 와인이라 부른 붉은 술은 마치 꿉꿉한 몸을 씻겨
주듯 기름진 입안을 상쾌하게 만들었다.

"좋지요?"

야현이 와인 잔을 내리며 물었다.

"휴우—, 이제껏 소녀가 먹은 그 어떤 술보다 맛있어요."

진심 어린 감탄을 터트리며 당린린은 야현을 올려다보았다.
그 눈동자는 강렬했다.

야현은 와인을 입에 한 모금 담으며 그녀의 허리를 부드럽게

감쌌다.

"이러시면……."

당린린이 그의 품을 벗어나려 몸을 틀었지만 야현은 그녀를 더욱 강하게 끌어안았다.

그리고 그녀의 입에 입술을 가져갔다.

"읍!"

갑작스럽다면 갑작스러운 입맞춤에 당린린은 눈을 동그랗게 떴다. 그리고 야현의 입을 통해 흘러들어오는 와인의 진한 맛.

"음."

당린린은 자연스러운 신음을 흘리며 눈을 감았다.

두근거림에 당린린의 뺨에 붉은 홍조가 들어차는 그때, 그녀의 눈꺼풀이 파르르 떨렸다.

와인 맛이 입안에서 가실 때쯤 부드러운 혀가 느껴진 탓이다.

'아!'

요염한 자태를 뽐내는 것과 달리 당린린은 가벼운 입맞춤조차 해 본 적이 없었다.

아무리 무림의 여인들이 여염가 규수보다 개방적이라고 해도 이곳만의 정서라는 게 있다. 일반적인 여인들보다야 많은 남자를 만나고 또 그들과 술자리를 가진다 해도 정조라는 관념은 또렷이 머리에 박혀 있었다.

파르르 떨리는 입술.

앞섶을 움켜쥔 손에 바싹 들어간 힘.

'이런.'

야현은 입술을 떼며 당린린을 내려다보았다.

질끈 감은 눈꺼풀 속에서 요동치는 눈동자. 그리고 여전히 떨리는 입술과 앞섶을 움켜쥐고 있는 손.

이제껏 보인 행동과 달리 당린린은 남자 경험이 없었다. 야현의 미소가 더욱 진해지며 검은 눈 속 붉은 동공이 커졌다. 당린린은 작지만 뜨거운 숨을 내쉬며 눈을 뜨고 야현을 올려다보았다.

그리고 야현의 붉은 동공에 취해 버렸다.

"사랑해요."

당린린은 다시 한 번 야현의 입술을 탐하기 위해 저돌적으로 입술을 가져갔다.

'훗!'

포갠 입술 사이로 야현의 입꼬리가 말려 올라갔다.

야현은 당린린의 등을 부드럽게 쓸어내렸다.

당린린의 숨결이 조금씩, 조금씩 거칠어졌다.

'사천당가라…… 후후.'

야현은 입술을 떼 당린린의 목을 부드럽게 핥았다.

"하아—."

당린린의 입에서 흥분으로 가득 찬 비음이 흘러나왔고, 동시에 야현의 머리를 감싼 손에 힘이 더욱 들어갔다.

당린린의 목을 애무하던 야현의 입술 사이로 송곳니가 길어졌다.

야현은 단숨에 당린린의 목을 깨물었다.

"……!"

당린린은 눈을 부릅떴고, 야현의 눈은 차갑게 웃고 있었다.

                    *   *   *

당린린은 깊은 잠에서 깨어났다.

이미 해가 중천에 떴는지 창문 너머로 들어오는 밝은 햇살은 눈을 시리게 할 정도였다. 당린린은 눈을 비비며 자리에서 일어나 미간을 찡그렸다.

하체에서 느껴지는 통증 때문이었다.

"하아—."

당린린은 이불보에 선명한 핏자국을 보며 나직하게 한숨을 내쉬었다.

생각지도 못한 첫 경험이었다.

그 누구에게도 몸은커녕 입술조차 허락한 적이 없었다.

사내를 치맛자락에 휘두르면 휘둘렀지 휘둘려 본 적은 없었다. 평생 그렇게 살 줄 알았었다.

일종의 자괴감과 상실감이 그녀의 얼굴에 고스란히 묻어나왔다. 그러면서도 어젯밤의 환락이 몸에 깊숙하게 각인되었는지 몸을 한차례 바르르 떨었다.

'첫 경험이라 그런가?'

이내 당린린은 미간을 좁혀야 했다. 어젯밤 환락의 기억이 쭉 이어지지 않고 뚝뚝 끊겨 있기 때문이었다.

그런 당린린의 목에는 붉은 두 점이 선명하게 찍혀 있었다.

당린린은 고개를 돌려 넓은 침상을 쳐다보았다.

이미 오래전 잠자리에서 일어났는지 반대편 이불에서는 온기가 느껴지지 않았다.

당린린은 자리에서 일어나 간단하게 세안을 한 후 옷을 입고 방에서 나왔다.

손님이 없어서인지 객잔 안은 썰렁했다.

동시에 아무런 목소리도 들리지 않았다.

'어디를 간 거지?'

땡땡땡—

당린린은 미간을 좁히며 종을 흔들어 시녀를 불렀다.

잠시 후 앳된 시녀가 종종걸음으로 다가왔다.

"인기척이 느껴지지 않는데 어디 산책이라도 가셨느냐?"

당린린의 질문에 잠시 당황한 기색을 보이던 시녀는 재빨리
그런 감정을 얼굴에서 지우며 허리를 숙였다.

"동트던 새벽, 길을 떠나셨습니다."

"······뭐?"

당린린의 목소리는 절로 커졌다.

'떠, 떠나?'

"어디······."

당린린은 어디로 떠났는지 물으려다 입을 닫았다.

물어봐야 돌아올 대답은 뻔하니.

"알았다."

당린린은 노기를 참으며 몸을 돌려 방으로 들어왔다.

그런 그녀의 눈에 가장 먼저 들어온 것은 침상 위에 말라붙
어 있는 핏자국이었다.

"이익!"

당린린은 입술을 깨물었다.

"감히! 감히!"

당린린의 꽉 쥔 주먹은 분함을 이기지 못하고 떨리고 있었
다. 그러던 당린린이 주먹을 활짝 펴며 옆구리에 손을 얹었다.
그리고 농염한 미소를 지었다.

"호호호!"

거기에 웃음까지.

"이 독화의 눈에 든 사내가 그리 만만할 리 없지."

처음으로 자신을 방심하게 만든 사내.

권력의 달콤한 맛을 일깨워 준 사내.

처음으로 몸을 허락한 사내.

아울러 천하를 뒤져도 그런 사내를 다시 찾기 어려울 것이다.

눈동자에 집착 어린 독기가 들어섰다.

'넌 반드시 내가 가지고 말겠어.'

단 한 번이라도 자신이 원한 것을 가져보지 못한 적이 없던 그녀였다. 그건 사내라고 해도 예외는 아니었다.

뜨거운 물로 여유롭게 목욕을 마친 당린린은 객잔을 나서자마자 개방을 찾았다. 비록 무림맹 내에서는 서로 견제하고 아웅다웅하는 사이일지라도 크게 보면 정파 내 한 식구였다.

그렇다 해도 편한 식구는 아니었다.

그렇지만 당린린은 당차면서도 편한 얼굴로 개방 지부에 들어섰다.

"독화께서 납시어 주시니 황송하오."

"호호호."

당린린은 분타주의 칭찬에 기분 좋은 웃음을 터트렸다.

"무슨 일로 여협께서 개방을 찾아오신 게요?"

근래 들어 오대세가와 오파일방 사이에 마찰이 빈번해지면서 오대세가의 개방 방문도 이제는 거의 찾아보기 힘들 정도로 뜸해진 것이다.

"누군가를 찾았으면 해서 찾아왔어요."

"호오—, 독화께서 찾으려는 이가 설마 사내는 아니겠지요?"

"호호호호, 맞아요."

독화가 요염한 웃음을 터트리며 대답했다.

"이런, 천하의 독화가 찾는 사내라. 복이 터졌군요. 그래, 그 사내가 누굽니까?"

개방 분타주도 궁금한 모양이었다.

"이름은 야현, 키는……."

호기심을 드러낸 채 귀를 기울이던 개방 분타주의 얼굴이 야현의 이름이 나오자마자 굳어졌다.

얼마 전 내려온 총타 전문에 야현에 대한 정보를 일급 기밀로 취급하라는 명령이 내려왔기 때문이었다.

"후우—."

개방 분타주는 한숨을 내쉬며 입을 열었다.

"미안하오."

"……?"

"그에 대해서는 알려줄 수 없소이다."

생각지도 못한 답에 당린린의 눈동자가 살짝 커졌다.

"왜인가요?"

"미안하외다."

개방 분타주는 거듭 미안함을 밝혔다.

당린린의 커졌던 눈이 다시 제모습을 찾는 동시에 미간에 주름이 깊게 파였다.

"야 소협에 관한 사항은 모두 기밀입니다."

'뭐야?'

당린린은 개방 분타주의 말에 기가 막혔다.

'무림과도 연관이 있는 거야?'

관과 무림은 불가침의 관계.

그럼에도 개방에서 야현의 정보를 풀지 않는다는 것은 그가 개방에도 영향력을 행사하고 있다는 뜻이다. 당린린은 혀로 입술을 적셨다.

야현이 더욱 탐이 났다.

"그에 대한 모든 것이 기밀은 아닐 테고, 알려줄 수 있는 것만 알려 줘요. 부탁할게요."

당린린은 거지 특유의 퀴퀴한 냄새를 참아내며 개방 분타주의 팔짱을 슬쩍 꼈다.

"이거 참."

개방 분타주의 얼굴이 붉게 변했다.

팔에서 슬쩍슬쩍 느껴지는 풍만한 당린린의 가슴 때문이었다.

"분타주님."

그때 개방도 한 명이 다가와 그를 불렀다.

"잠시 실례하겠소."

분타주는 당린린의 팔을 조심스레 빼낸 뒤 구석진 곳으로 향했다. 그리고 개방도의 보고를 받으며 당린린을 쳐다보았다.

황군으로 인해 야현에 대한 정보가 잠시 차단되었었다. 그런데 황군이 물러가며 끊겼던 정보가 다시 이어진 것이다. 재밌는 건 그 정보에 당린린도 포함되어 있다는 점이었다.

"알았다."

개방 분타주는 다시 당린린에게로 다가갔다.

'사랑싸움인가?'

속으로 실소를 머금었다.

남자 알기를 발톱의 때보다도 못하게 여기기로 악명이 자자한 그녀였다. 그런 당린린이 남자를 찾고 있었다.

"대협."

농염한 미소를 지으며 은근한 투로 자신을 부르는 그녀의 목소리에 분타주는 고개를 절레절레 저었다.

"따라오시오."

결국, 개방 분타주는 당린린을 데리고 으슥한 곳으로 갔다.

그리고 잠시 후 개방 분타주는 알려 줘도 무방한 몇 가지 정보를 가져왔다.

"이름 야현, 나이 이십육 세로 추정. 서방 세계……."

"만나는 연인은 없나요?"

어제 그의 행동으로 보아 만나는 여인이 없을 리 없었다.

"연인인지는 모르겠지만 모용세가의 장녀 모용란과 좋은 관계를 맺고 있는 듯하오."

"모용 언니?"

당린린은 낯을 잠시 찡그렸지만 이내 활짝 웃음을 지었다.

비록 간단한 정보에 불과했지만 당린린은 들을 수 있는 건 다 들었다 여긴 듯 도도하게 몸을 돌렸다.

"어디로 갔는지는 안 물어보는구려."

개방 분타주의 질문에 당린린이 고개를 돌려 보는 사람으로 하여금 아찔한 미소를 지었다.

"물어본다고 알려 주시지도 않을 거 아닌가요?"

"맞소이다."

개방 분타주는 쓴웃음을 지었다.

"그럼."

당린린은 미소만 남긴 채 개방 분타를 벗어났다.

"허어—, 가히 요물은 요물인 게야."

개방 분타주는 멀어져 가는 당린린의 뒷모습을 잠시 넋을 잃고 쳐다보다 민망한 듯 고개를 절레절레 저었다.

* * *

"쯧."

독선적으로 생긴 얼굴에 녹색 무복을 입은 오십 대 중년인이 동정호를 쳐다보며 못마땅한 표정으로 혀를 찼다.

"여기에 머물고 있단 말이더냐?"

중년인의 왼쪽 가슴에는 '당(唐)' 자가 새겨져 있었다.

그는 사천당가 가주이자 이성 중 독성인 당한경이었다.

"그렇습니다, 아버님."

그 옆에 선 서른 초반으로 보이는 사내가 대답했다. 찢어진 눈매며 얇은 입술, 당한경과 똑 닮은 사내는 소가주 당림이었다.

"너무 오냐 오냐 키웠어."

사천당가는 대대로 손이 귀하다.

그렇기에 당한경 역시 많은 자식을 보기 위해 본처 외에 첩을 두었으나 자식이라고는 본처에게서 장남 하나, 후처에게서 당린린, 이렇게 단둘뿐이었다.

당림과 당린린의 나이 차가 열셋이니, 어찌 보면 당린린은 늦둥이나 매한가지였다.

"그래도 귀엽지 않습니까?"

비록 배는 달랐지만 당린린을 끔찍이 아끼는 당림은 자애로운 미소를 지었다.

"에잉, 못난 놈. 쯧쯧쯧."

그런 당림의 웃음에 당한경은 더욱 크게 혀를 찼다.

"어서 린이나 찾거라."

"예, 아버님."

"소가주님."

그때 당가 표식이 수놓아진 옷을 입은 당가 제자가 다가왔다.

"그래, 숙소는 잡았는가?"

"운이 좋아 객잔 하나를 통째로 빌릴 수 있었습니다."

"객잔 하나를?"

객잔 하나에 당가 무인들이 모두 머물 수만 있어도 운이 좋다 여겼는데 통째로 빌렸다고 하니 당림은 은근히 놀란 표정을 드러냈다.

"어느 객잔인가?"

당림은 혹여나 허름한 객잔이 아닌가 싶어 되물었다.

"호풍객잔입니다."

"호풍객잔?"

다시 한 번 당림은 놀랐다.

호풍객잔은 최고급까지는 아니더라도 동정호를 한눈에 볼 수 있어 인기가 제법 좋은 객잔이었다.

"의외로군. 가서 짐을 풀고 린이를 찾아봐. 혹시 모르니 개방에도 사람을 보내보고."

당림은 당가 제자에게 그리 명하고는,

"가시지요."

당한경과 함께 호풍객잔으로 향했다.

*　　　*　　　*

"독성을 뵈옵니다."

'젠장!'

개방 분타주는 속마음과 달리 예를 갖춰 당한경에게 포권을 취했다. 당린린이 개방 분타에 들렸다는 것을 어디서 들었는지, 개방 분타주는 호풍객잔으로 불려 와야 했다.

"린이가 개방 분타를 찾아갔다고 하던데 맞소이까?"

예를 갖춘 존대.

하지만 개방 분타주는 당한경의 존대가 존대가 아닌 명령이라는 것을 느꼈다.

"그, 그렇습니다."

"왜 찾아갔는지 이 늙은이가 알 수 없겠소?"

'지랄 맞은 상황이로구나.'

개방 분타주는 속으로 욕지거리를 내뱉었지만 그 심정을 드러낼 수는 없었다.

"말할 수 없는 무언가가 있는 것이오?"

"아, 아닙니다."

당한경은 기분이 상하면 사람 하나쯤은 대수롭지 않게 죽이는 위인이었다. 개방도이기에 죽이지야 않겠지만, 독성의 성정이라면 독을 써 살아도 산목숨이 아니게 만들 것이다.

일단 살고 봐야 하니 대답을 안 할 수 없었다.

"한 사내에 대해서 알아볼 것이 있다고 찾아왔었습니다."

"사내?"

당한경의 눈살이 찌푸려졌다.

"뭐 하는 놈인가?"

살아남고 나서도 뒷감당을 하려면 감출 것은 감춰야 한다.

"관인(官人)입니다."

"관인?"

의외라는 듯 당한경이 되물었다.

"그렇습니다."

개방 분타주는 이마에 맺힌 식은땀을 소매로 닦으며 대답했다.

"그 애가 관인을 왜 찾아?"

"그건 소인도 잘……."

독성의 성격을 잘 아는 개방 분타주는 목숨이 두 개가 아닌 이상에야 독화가 사내에게 홀려 그를 찾으려 한다는 말을 차마 전할 수는 없었다.

"가주님."

그때 사천당가 제자가 객잔 안으로 들어왔다.

"작은 아가씨를 찾았습니다."

"지금 어디 있느냐?"

"배 한 척 빌려 동정호로 나가셨다고 합니다."

"동행은?"

"혼자 빌리셨다고 합니다."

"혼자? 동행이 있는 것이 아니고?"

당한경은 고개를 돌려 개방 분타주를 쳐다보며 물었다.

"관인은 지금 어디 있소?"

"그, 그게……."

선뜻 대답하지 못하는 개방 분타주.

대답을 듣지 않아도 알 수 있었다.

관인이라는 자가 지금 뱃놀이를 하고 있음을.

"필시 웬 사내와 있을 게다. 같이 데려오라."

"명!"

당한경의 명을 받은 제자는 남아 있는 제자들을 모두 이끌고 객잔을 나갔다.

　그 시각.
　야현은 동정호에 배를 띄워 한가로이 볕을 쬐며 술을 마시
고 있었다.
　다른 선유(船遊)와 달리 야현의 배에는 풍악도, 기녀도 없었
다. 그저 차양 아래 술 몇 병이 다였다.
　"좋군."
　잔잔하게 고여 있는 동정호 물결도, 새파란 하늘도, 고요함
도.
　"주군."
　선미에 조용히 자리하고 있던 베라칸이 묵직한 목소리로 야
현을 불렀다.
　"왜?"
　"어제 그 여인입니다."
　"그래?"
　야현은 몸을 반쯤 일으켜 배 밖을 쳐다보았다.
　저 멀리 배 한 척이 다가오고 있었는데 선두에 팔짱을 낀 당
린린의 모습이 보였다.
　야현은 피식 웃음을 터트리며 다시 팔베개를 하고 누웠다.
　탁!

그때 가벼운 발걸음 소리와 함께 배가 출렁였다.

"여기 계셨네요."

당린린이었다.

"본인이 여기 있는 건 어찌 알았습니까?"

야현은 몸을 일으키고는 술을 한잔 들이켜며 물었다.

당린린은 그런 야현 앞에 앉으며 야현의 빈 잔을 빼앗아 들었다. 그러고는 술잔을 채우며 요염하게 말했다.

"가가께서는 소저의 능력을 너무 낮춰 보시는군요."

"흐음?"

야현은 묘한 신음을 내뱉으며 당린린을 빤히 쳐다보았다.

"왜 그렇게 보시나요?"

당린린이 술잔을 비우며 물었다.

"가가라. 그 호칭은 연인끼리 사용하는 것으로 알고 있습니다."

"맞아요."

"우리가 연인이었던가요?"

"앞으로 그렇게 될 거예요."

"호오—."

야현은 재미있다는 듯 미소를 지으며 탄음을 내뱉었다. 그 표정에 당린린은 미소로 대응했다.

"혹여나 모용 언니 이야기를 꺼내실 거라면 안 하셔도 됩니다."

"이런."

야현은 한 방 맞은 표정을 드러냈다.

"재미가 없지는 않은데."

야현은 술병을 들어 병째 한 모금 마셨다.

"본인은 하룻밤 즐거움 이상으로 생각해 보지 않았습니다. 그리고 말입니다."

야현이 얼굴을 가까이 가져가며 미소를 지었다.

얼굴을 가까이 마주하자 도도하고 자신감에 찼던 당린린의 뺨이 붉어졌다.

"구질구질한 여자는 딱 질색입니다."

순간 당린린의 표정이 굳어졌다. 하지만 이내 요염한 미소를 다시 지었다.

"구질구질할 생각은 없어요. 당신은 내 남자가 될 테니까."

자신만만한 목소리, 그리고 눈빛.

"본인에게 반했습니까?"

"평생 살면서 이런 일이 벌어지리라고는 생각 한 번 못 해 봤어요. 분하고 억울하지만 반했어요."

"흠."

야현은 뒤로 몸을 기대며 팔짱을 꼈다.

"책임지라는 말은 안 해요. 당신은 이미 내 남자이니까."

"왜 본인에게 반했습니까?"

"당신이 가진 매력?"

"매력?"

"호호호호. 농담이에요. 그런 거에 반할 소저가 아니랍니다."

"그럼?"

"당신이 가진 힘, 권력. 평생 생각지도 못한 신세계였어요. 태어나 처음으로 짜릿함을 느꼈답니다. 온몸이 저릴 정도로."

어제의 짜릿함이 다시 떠올랐는지 당린린의 눈동자에 욕망이 일렁였다.

타고난 요녀다.

어지간한 남자는 치맛자락에 휘감아 부릴 그런 여장부였다.

"하하하하하!"

야현은 대소를 터트렸다.

"그럼 하나만 묻겠습니다."

"말하세요."

"그 권력을 위해서 사천당가가 사라져야 한다면 어찌하겠습니까?"

"……"

선뜻 대답할 수 없는 질문이기에 당연히 대답은 없었다.

"대답을 찾으면 찾아오세요."

야현이 자리에서 일어났지만 당린린은 따라서 일어나지도,

그를 붙잡지도 못했다.

"그대가 반한 권력은 그처럼 지독하면서도 달콤한 것이랍니다."

야현은 허리를 숙여 당린린의 입술에 입을 맞췄다.

가벼운 입맞춤.

"다시 만나기를 바라며, 본인은 이만."

야현은 그런 당린린에게 윙크를 보내며 그녀가 끌고 온 배로 넘어갔다.

배가 떠나고 당린린은 입술을 깨물었다.

때를 맞춰 한 척의 배가 찾아왔다.

"작은 아씨."

굳은 표정으로 앉아 있던 당린린이 고개를 돌렸다.

"가주님께서 찾으십니다."

"돌아가자."

당린린은 차가운 목소리로 뱃사공에게 명령했다.

제8장

본인은 말입니다

호풍객잔으로 들어선 당린린의 얼굴은 여전히 무표정하게 굳어 있었다. 항상 자신감에 찬 도도한 미소를 짓던 당린린이었다. 그런 그녀답지 않은 안색에 당림이 걱정 가득한 얼굴로 그녀를 맞이했다.

"무슨 일 있는 게냐?"

"없어."

당린린은 귀찮다는 듯 성의 없는 대답을 툭 던지고 익숙한 발걸음으로 침실로 올라가는 호풍객잔 계단을 밟았다.

"어허!"

그때 가주 당한경의 호통이 터져 나왔다.

"내가 너를 너무 오냐 오냐 키웠구나! 어서 이리 오지 못하겠느냐!"

당한경의 일갈에 당린린은 낯을 찡그리며 계단에서 내려와 탁자에 앉았다.

"무슨 일 있는 거냐?"

당림이 그녀 곁에 앉으며 재차 물었지만 당린린의 입은 꾹 닫힌 채 열리지 않았다.

"하실 말씀 있으시면 하세요."

당린린은 노여워하는 당한경을 보며 입을 열었다.

"이, 이년이!"

얼마나 화가 났는지 당한경의 수염이 부들부들 떨릴 정도였다.

"린린아."

둘 사이에서 안절부절못하는 당림이 있건 말건 당한경과 당린린 둘의 눈싸움은 그치지 않았다.

"휴우—."

결국 먼저 손을 든 것은 당한경이었다.

자식 이기는 부모 없다고, 꼬장꼬장하고 독선적이면서도 비비 꼬인 성격으로 천하에서 둘째가라면 서러워할 당한경이었지만, 그도 자식 앞에서는 어쩔 수 없는 모양이었다.

"도대체 뭐가 문제냐?"

먼저 손을 들었다고 노기마저 사라진 건 아니었다.

당한경은 곱지 않은 눈초리로 당린린에게 쏘아붙이듯 물었다.

"이곳에 자리를 잡았네요."

"운이 좋았단다."

뜬금없는 질문이었지만 당림이 당한경의 눈치를 살피며 대답했다.

"어제 여기서 잤어요."

"그래?"

당림의 맞장구.

"어제도 이곳은 비어 있었어요."

"그러냐?"

사시사철 붐비는 동정호다.

그런 명소에서도 제법 명당 축에 자리한 호풍객잔이 손님 한 명 없이 비어 있기란 사실상 불가능에 가깝다.

"비어 있었다기보다 비워졌다가 맞아요."

"무슨 말을 하는 게냐?"

당림이 되물었지만 당린린은 제 할 말만 늘어놓았다.

"어제 악양루에 갔었어요."

"……?"

"언제나 풍류객들로 넘치는 그곳에서도 저는 여유롭게 경치를 감상했어요. 아무도 없이."

당린린은 당한경을 보며 물었다.

"본가는 어떤가요?"

당한경의 눈두덩이 꿈틀거렸다.

"수많은 인파로 넘쳐나는 악양루를 비우고, 손님들로 넘쳐 나는 객잔을 비울 수 있나요? 아버지, 하실 수 있으세요?"

"할 수 있다."

당한경의 대답에 당린린은 고개를 저었다.

"할 수야 있죠. 할 수는……. 하지만 어렵겠죠. 아닌가요?"

당한경은 대답하지 않았다.

"그런데 그는 했어요. 천하의 그 누구도 내려다보지 못하는 본가도 할 수 없는 그 일을 그저 담담한 몇 마디만으로 해냈 어요."

"그러니?"

당림이 놀라며 물었다.

하지만 당림은 당한경과 당린린 사이의 대화에 끼어들지 못 했다.

"누구냐?"

"새로운 세상을 봤어요."

동문서답.

"뭐 하는 놈이냐?"

"아버지께서 흡족해하시는 그 잘난 남궁강은 여기 보이는."

당린린은 마침 탁자 위를 기어가는 개미를 집어 올렸다.

"개미보다도 못해 보여요."

빠직.

당린린은 개미를 손가락으로 짓눌러 죽였다.

"그런데 어찌 혼자냐?"

어릴 적부터 품에서 키운 딸이다.

가지려고 한 것은 어떤 수를 써서라도 모두 가져온 아이였다. 그런 당린린이 혼자다.

"그가 그랬어요. 만약 사천당문이 사라져야 한다면 어쩌겠냐고 물었어요."

당한경의 눈썹이 뒤틀렸다.

"그래서?"

"대답하지 못했어요. 당장은."

"뭐 하는 사내냐?"

당한경이 다시 물었다.

"야현, 금년 이십육 세, 정이품 황명비호특무도어사예요."

"흠……."

예상했지만 당린린이 한눈에 빠진 사내는 관인이었다.

천하제일고수가 어쩌고저쩌고해도 천하에서 가장 강한 힘을 가진 이는 황제였다. 어찌 되었든 이 땅에서 살아가는 이는 모두 그의 신민이니까.

"안 된다."

당한경은 고개를 저었다.

이십 중반에 정이품의 관인.

무공을 떠나, 매우 뛰어난 인물일 것이다. 문제는 그가 무림인이 아니라 관인이라는 점이다. 한 치 앞을 내다볼 수 없는 게 조정의 권력 다툼이다. 하루아침에 역모인이 되어 구족의 목이 날아가는 것이 조정이다.

"어린 나이에 너무 큰 권력을 가졌어."

무림이라는 별개의 세상에서 사는 당한경이지만, 살아온 세월이 있었다.

너무 이르게 권력을 쟁취한 자치고 장수하는 이는 없다.

그런 이들의 말로는 누렸던 권력만큼 비참하다.

당한경은 세월의 지혜로 그 사실을 잘 안다.

"무엇을 걱정하는지 알아요."

당린린의 머리도 그만큼 뛰어나다.

당한경이 무얼 걱정하는지 안다.

"하지만 이미 보았어요. 그리고 느꼈어요. 독이라고 한들 지금 저에게는 그 무엇보다 달콤해요."

당한경은 그런 당린린을 잠시 쳐다보다 식은 찻잔을 들어 목을 축였다.

"이 아비는 네가 여자로 태어난 것이 매우 안타까웠지만 한편으로는 다행이라 여겼다."

당한경은 찻잔을 내려놓으며 당린린을 쳐다보았다.

"네가 사내로 태어났다면 무슨 수를 써서라도 소가주가 되었겠지. 그리고 가주가 되어 사천당문을 이끌었을 게다. 그 끝이 그 누구도 넘볼 수 없는 천하제일 가문이든 멸문이든."

당한경은 일찌감치 당린린의 욕망을 알아보고 있었다.

"그래서 남궁세가의 강이와 짝을 지어 주려 했건만."

당한경은 말끝을 흐리며 당린린을 쳐다보았다.

"앞으로 어찌할 생각이냐?"

당린린은 강제로 잡아둔다고 조용히 잡힐 아이가 아니었다.

"아직은 본문을 사랑하나 봐요."

'아직은'이라고 했다.

그건 곧 언제든 바뀔 수 있다는 뜻.

그리고 당한경은 알고 있었다.

바뀌리라는 것을.

"네 목숨을 걸 만해 보이느냐?"

"위험한 사내예요."

"……"

"제 모든 것을 주고서라도 가지고 싶은 사내이기도 해요."

"마음이 서면 따라갈 테냐?"

"이미 모든 것을 줬어요. 그러니 가져야겠어요."

"리, 린린아!"

당림이 놀라 저도 모르게 소리쳤다.

"이미 답은 나왔구나."

당한경의 말.

"그러네요."

당린린은 한결 개운한 듯 미소를 지으며 대답했다.

"그런데 아버지. 만약 사천당문이 사라져야 한다면 어찌하시
겠어요?"

"그때는 이 아비가 친히 너의 목을 베어주마."

"호호호호!"

당린린은 고개를 젖혀 웃음을 터트렸다.

"아버지답네요."

"그래도 사위 될 놈이라고 하니 한번 데려오너라."

"알겠어요."

"네 마음대로 정한 혼처다. 이 아비의 마음에 안 들면 그놈
도, 너도 죽일 것이다."

"그럴 일은 없을 거예요."

당린린은 자리에서 일어나 크게 절을 올렸다.

"이것만 명심하거라."

"말씀하세요."

"당가의 피는 그 어떤 피보다 진하다."

"건강하세요."

당린린은 객잔을 나갔다.

"아, 아버지. 리, 린린아."

당림은 한순간에 생각지도 못한 결론이 나고 당린린이 나가 버리자 당황한 듯 둘을 불렀다.

"학성이, 자네 있는가?"

"예, 가주님."

한 신형이 툭 떨어졌다.

당가 고유의 녹색 무복이 아닌 검은 무복을 입은 중년 사내 가 모습을 드러냈다.

당가의 일원이면서 세상에 모습을 드러내지 않는 녹암대(綠 暗隊)의 대주였다.

"쓸 만한 아이를 두엇 붙여주게."

"그리하겠습니다."

녹암대주 당학성이 다시 모습을 감추고,

"아버지, 어찌시려고."

"림아, 술 한잔 하자꾸나."

당한경은 착잡한 눈으로 당린린이 나간 객잔 입구를 쳐다 보았다.

                    *   *   *

　야현은 베라칸과 함께 동정호를 시작해 명소를 둘러보며 느긋하게 요녕성 성도 심양에 들어섰다.

　"모용세가가 어디인지 아십니까?"

　지나가는 행인을 불러 세워 길을 물었다.

　"모용세가 말씀이시옵니까? 소인이 안내해드리겠습니다."

　모용세가가 요녕성의 또 다른 황실이라고 하더니 과연 틀린 말이 아니었다. 요녕성으로 들어서며 모용세가의 저력이 피부로 느껴질 정도였다.

　모용세가는 중원이라고 하나 신강성, 청해성처럼 때로는 세외로 취급되는 변방 요녕성에 자리하고 있다.

　번성한 다른 성과 달리 요녕성은 변방이다 보니 조정의 힘이 크게 미치지 못한다. 당연히 관의 힘도 아예 없다 할 만큼 미비하다. 그렇다 보니 이곳 요녕성에서는 관이 모용세가의 눈치를 볼 정도였다.

　변방에 위치한 모용세가가 중원에 영향력을 유지하는 이유가 바로 이것이었다.

　제아무리 무림 문파가 강성해도 관을 넘어서지 못한다.

　하지만 모용세가는 한 성의 힘을 오롯이 가지고 있다.

　가주의 말 한마디면 수만, 수십만의 민초들이 창칼을 들고 일어선다.

이 정도면 요녕성은 모용세가를 중심으로 한 일개 왕국이라 보아도 무방할 정도였다.

"저곳입니다요."

행인의 안내에 따라 성도 중심으로 향하자 한눈에 다 들어오지 않을 정도로 거대한 장원이 시야에 잡혔다. 말이 장원이지 그 규모는 이미 왕궁이나 다름없어 보일 정도였다.

보통 성도 중심에는 도포안삼사가 위치한다.

"도포안삼사는 어디에 있습니까?"

"저기 보이는 곳이 도포안삼사입니다."

행인이 가리킨 곳은 자그마한 건물이었다.

마치 모용세가의 부속 건물처럼 느껴질 정도였다.

"고맙습니다."

야현은 수고비로 은자 한 냥을 행인에게 건넸다.

"아, 아닙니다요. 어찌 모용세가 손님에게 수고비를 받겠습니까요? 괜찮습니다."

행인은 손사래를 치며 서둘러 길을 떠나 버렸다.

"모용세가의 힘이 생각 이상이군."

행인에게는 일상적인, 그리고 단순한 행위일지 몰라도 그 행동 하나로 모용세가의 저력을 다시금 느낄 수 있었다.

피식.

더욱이 모용세가 옆에 붙어 있는 자그만 도포안삼사 관청의 모습에 야현은 실소를 터트렸다.

"이만하면 처가댁으로 손색없지 않소?"

"……?"

모용휘였다.

"오랜만에 뵙겠습니다."

"감축드리오."

"……?"

"도어사직에 제수되었다는 소식 들었소이다."

"그 소문이 여기까지 났습니까?"

"워낙 파격적인 인사라야 말이지요."

모용휘는 부드러운 미소를 지으며 야현을 모용세가로 안내했다.

그가 길을 따라 걷자 행인들은 물론이요, 가판대 장사치들까지 뒤로 물러나 길을 트며 허리를 깊숙이 숙였다.

"이상하오?"

모용휘는 일일이 손을 흔들어 그들의 인사에 화답하며 야현에게 낮은 목소리로 물었다.

"이상하다기보다 대단하다는 생각이 드는군요."

"자세히 보면 중원의 한(漢)족들과 생김새가 조금 다르오."

그렇긴 하다.

모용란만 해도 중원의 여인들과 다른 외모를 가졌다.

키도 컸고, 가슴에서 배로, 그리고 허리로 이어지는 굴곡도 또렷했으며 무엇보다 이목구비가 시원시원하게 생겼다.

"요녕땅에 한족이 아예 안 사는 건 아니지만 민초 대부분이 선비(鮮卑)족이오. 그리고 본가는 과거 선비족이 세운 연나라 왕족이었고."

왜 이토록 민초들의 지지를 받는가 했더니 그런 사연이 있었던 모양이다. 모용세가는 그들의 구심점이자 가슴속 영원한 왕족인 것이다.

"정세에 따라 명에 속해 있었고, 과거 숱한 왕조가 중원에 들어섰지만, 이곳은 달라지지 않았소. 그때도 지금도 이 땅의 주인은 선비족들이오."

모용휘의 얼굴에는 자랑스러움이 담겨 있었다.

"그나저나."

모용휘는 모용세가 대문 앞에서 잠시 걸음을 멈췄다.

"누님이 노기가 이만저만이 아니오. 그리고 이 모용 모도 조금은 마음이 상했소."

"……?"

"당 소저께서 본가에 객으로 머물고 계시더이다."

모용휘는 씁쓸한 미소를 살짝 드러냈다.

　모용휘는 야현을 모용세가 가주실로 안내했다.

　수북한 서류 사이로 얼굴을 파묻고 있던 모용곽이 두 팔을 벌려 반갑게 야현을 맞이했다.

　"왔는가, 사위?"

　모용곽이 야현을 반겼다.

　"아직 결정된 바 없습니다."

　"그럼 전쟁이겠군."

　모용곽이 은근히 협박 아닌 협박을 하며 접객용 탁자로 야현을 안내했다.

　"그건 피하고 싶군요."

　진담이 살짝 섞인 대답이었다.

　"그렇지?"

　모용곽이 짓궂은 표정으로 대답하다가 이내 미간을 스리슬쩍 좁혔다.

　"그 짧은 사이 대단한 활약을 했더군."

　아마도 독화에 관한 이야기이리라.

　"그리되었습니다."

　"예로부터 영웅은 삼처사첩(三妻四妾)이라고는 하지만 나는 그리 기분이 좋지 못하다네, 사위."

"그럼 혼례를 올리지 말까요?"

"어허! 그건 아니 되지."

모용곽은 성을 냈다.

"독화는 어쩔 생각인가? 사천당문이면 데릴사위로 들어가야 할 텐데."

그럴 리 없다 여기지만 사천당문의 폐쇄적인 가풍을 완전히 무시할 수는 없었다.

"본인의 생각은 변한 바 없습니다."

"그 말은?"

"본인을 찾아오려면 가문을 버리라 했습니다."

그리고 그녀가 찾아왔다.

모용곽의 얼굴에 진한 미소가 그려졌다.

"푸하하하하!"

미소는 대소로 이어졌다.

"정말 자네는 못 말리는 위인이구먼."

모용곽은 안심한 표정을 지으며 입을 열었다.

"그럼 란이가 일처(一妻)가 되는 데 문제가 없겠구먼. 그나저나 이미 란이에게도 넌지시 말을 했었다며?"

"……?"

"다른 여인을 품을 수도 있다고."

모용곽은 능글맞은 미소로 말을 이었다.

"사내가 한 입으로 두말하면 그것도 그것대로 문제겠지만, 내뱉은 말 하나 잘 지킨다고 심통이 이만저만이 아닐세. 잘 다독여주게."

모용란의 성격이 평소 조용조용한 편이고 다소곳하지만 한 번 화가 나면 매섭다는 것을 모용곽은 잘 알고 있었다.

"저녁에 술이나 한잔하세나."

가주실을 나가자 마당에는 모용란과 당린린이 거리를 두고 서 있었다.

먼저 움직인 것은 당린린이었다.

가슴을 쭉 내밀고 당당히 걸어와 앞에 섰다.

야현은 그런 당린린에게 화사한 미소를 지어 보였지만 이내 그녀를 지나쳐 모용란 앞에 섰다.

"잘 지내셨소?"

화사한 미소.

"어, 어떻게 소녀보다 먼저……."

그 미소에 모용란은 분한 듯 야현의 뺨에 손을 휘둘렀다.

턱!

하지만 그 손은 야현의 손에 잡혔다.

"한 번은 몰라도 두 번은 아닙니다."

야현은 모용란의 손을 부드럽게 당기는 한편, 다른 쪽 손을 그녀의 어깨에 얹으며 다정히 속삭였다.

"일단 차나 한잔합시다."

야현은 모용란을 이끌고 그녀의 처소로 향했다.

소박한 그녀의 방을 대충 다 둘러볼 때쯤 모용란이 차를 우려 왔다.

"앉으세요."

야현이 탁자에 앉자 모용란은 그 앞에 찻잔을 내려놓고 차를 따랐다.

"맛이 좋군요."

야현은 흡족한 미소를 지었다.

"흥!"

모용란은 그 앞에 앉아 나직하게 코웃음을 쳤다.

벌컥!

그때 문이 거칠게 열리고 당린린이 안으로 들어와 의자를 당겨 앉았다.

"네가 여기 왜 들어와?"

모용란의 목소리는 더욱 싸늘해졌다.

"이야기는 마무리해야지요. 안 그래요?"

"너와 할 이야기 없어. 그러니 나가."

싸늘한 축객령에도 당린린은 아랑곳하지 않았다. 아니, 오히려 모용란을 빤히 쳐다보며 입을 열었다.

"언니, 나 가문도 버리고 나왔어요. 몰랐죠?"

가문을 포기하고 나왔다는 말에 모용란은 놀란 듯 흠칫했다.

"그래서 더더욱 이 사람 포기 못 해요."

"그래서?"

"이 사람……."

그 호칭에 야현이 미소를 지었다.

"감당 안 되면 포기해요. 보아하니 오는 여자 안 막는 사람이니까."

야현을 잠시 바라보던 모용란의 안색이 굳어졌다.

"너, 넌 감당할 수 있다는 뜻이고?"

"감당이라기보다 감내라고 하죠."

당린린의 목소리는 거침없었다.

반면 모용란은 입술을 지그시 깨물며 야현을 쳐다보았다. 그 시선을 따라 당린린도 야현을 쳐다보았다. 마치 자기 일이 아닌 듯 야현은 여유롭게 차를 마시고 있었다.

"저런 사람이에요."

당린린의 말.

"그래서 어쩌자고?"

"혼자라면 감내지만 둘이라면 감당이 될 거 같아요."

"……?"

"무슨 소리야?"

"먼저 말씀해 보세요. 저 사람 포기할 수 있어요?"

"……."

"언니도 저 사람 포기 못 해요. 포기할 사람이면 아예 집에 발을 들여놓지 못하게 했겠지요."

"그래서 하고자 하는 말의 요지가 뭐야?"

"언니와 나, 둘이면 최소한 쓸데없는 년들은 쳐낼 수 있지 않겠어요? 적어도 둘이 인정하는 년이 아니라면요."

당린린의 목소리에도 날이 섰다.

"나는 모르겠다."

"상관없어요. 아니, 언니가 저 사람을 포기하면 난 더 좋아요. 적어도 내가 일처가 되니까."

모용란의 몸이 움찔거렸다.

"다른 여자들도 받아들일 수 있을 만큼 사랑하니?"

"저 사람을 사랑하지만 그가 가진 것을 더 사랑해요. 대답이 되었나요?"

"그게 무슨……."

"그가 가진 권력, 힘."

"재력도 있습니다."

야현이 툭 한마디 던졌다.

"호호호호. 그건 몰랐네요."

당린린은 목청껏 웃음을 터트린 후 모용란을 쳐다보았다.

"재력까지."

당린린은 자리에서 일어났다.

"잘 생각해 봐요."

"왜? 왜 나에게 이런 말을 한 거지?"

"이제 오도 갈 데도 없는 몸이에요. 앞으로 살아가면서 마음 터놓고 이야기할 사람 한 명쯤은 있어야 하지 않겠어요? 그리고 가가?"

당린린은 말을 마치고 야현을 불렀다.

"객잔에 있을게요."

"여기 있어."

"호호호, 언니 정말 순진하시다."

당린린은 허리를 숙여 모용란과 눈높이를 맞췄다.

"이 동생이 그저 저 사람과 눈이 마주쳐서 가문을 버리고 나온 줄 아세요?"

모용란의 눈동자가 살짝 커졌다. 그리고 흔들렸다.

"제 모든 것을 줬어요. 앞으로 언니가 어찌 될지 모르는데 이 집에서 저 사람과 잘 수는 없잖아요."

적잖은 충격을 받은 듯 모용란은 당린린이 나가고 나서도 한참 동안 아무 말도 없었다.

"당신도 나가요."

그리고 나온 말.

"그리하지요."

야현이 자리에서 일어나 막 문으로 걸음을 내딛는데,

"아니, 나가지 마요."

모용란은 다시 야현을 나가지 말라 말렸다.

야현이 나가면 당린린을 찾아갈 것만 같고, 그리고 그녀와…… 더는 상상하기도 싫을 정도로 끔찍했다.

"……정말, 정말 당신은 나쁜 사람이네요."

"확실히 좋은 남자는 아니죠."

야현은 다시 자리에 앉았다.

"혹 서방에도 여인들이 있나요?"

"있습니다."

"혼례를 치렀나요?"

모용란의 목소리가 가늘게 떨렸다.

"아닙니다. 언젠가 주모(主母)가 생길 거라 여기고는 있어 본인이 그대와 혼례를 치른다면 그대가 그녀들의 주모가 될 것입니다."

야현은 찻잔을 채웠다.

한동안 둘 사이에 말은 없었다.

정확히 말하자면 모용란의 말이 잠시 끊긴 것이다.

"만약……, 만약에…… 소녀가 이 혼례를 치르지 않겠다고 하면 어떻게 하실 생각이신가요?"

"본인은 바로 떠날 겁니다."

"……그런가요?"

"네."

"가가께서는 소녀를 사랑하지 않으시나요?"

모용란은 떨리는 목소리를 감추지 못했다.

"사랑은 모르겠고. 그대에 대한 감정이 없었다면 이곳에 오지 않았을 겁니다. 또 그런 약속을 하지도 않았을 거고."

"혼례를 치르지 않으면 모용세가는 당신을 끝까지 쫓을 거예요."

"본인은 도망치는 것을 그다지 좋아하지 않습니다."

"가가는 죽어요."

"아마 모용세가가 사라지지 않을까 싶습니다."

야현은 입꼬리를 말아 올렸다.

섬뜩한 미소에 모용란은 저도 모르게 파르르 몸을 떨었다.

"이런."

야현은 의자를 당겨 모용란 곁에 다가갔다.

그리고 소름이 오른 팔을 다정하게 매만졌다.

"미안합니다."

"당신은 정말……."

모용란은 양손으로 야현의 뺨을 감쌌다. 그를 바라보는 두 눈동자는 흔들리고 있었다.

야현은 그런 모용란의 뺨을 쓰다듬었다.

"그대는 아름다운 여인입니다."

야현은 그녀에게서 떨어지며 다시 입을 열었다.

"본인은 말입니다. 살면서 혼인에 대해 생각해 본 적이 없습니다."

"……?"

"본인은 아이를 가질 수 없는 몸입니다."

"……!"

놀란 듯 모용란의 눈이 커졌다.

하지만 그녀의 놀람은 이제 시작이었다.

"본인은 늙지도 죽지도 않는 몸이랍니다."

야현은 송곳니를 드러내며 웃음을 지었다.

                    *   *   *

벌컥벌컥!

야현은 벌거벗은 몸으로 침상에서 내려와 술병을 들어 병째 들이켰다.

파삭!

술을 마시던 야현은 인상을 일그러트리며 손아귀에 힘을 줘 술병을 부숴 버렸다.

부서진 파편들이 술과 함께 바닥으로 후드득 떨어졌다.

야현은 일그러진 얼굴로 침상을 쳐다보았다.

전라의 당린린이 정신을 잃은 채 쓰러져 있었다. 그리고 침상
에 피가 흥건했다.

'울었어. 본인을 보고.'

야현의 얼굴은 흡사 악마처럼 일그러졌다.

조금 전 야현은 장남 삼아 자신의 이야기를 꺼냈다.

언제나 그랬듯 가벼운 유흥이었다.

죽지 못하는.

보이는 것과 달리 실상은 백칠십 살이 넘어가는.

피를 마셔야 살아가는.

그런 괴물이라고.

언제나처럼 장난조로 말했다.

그러면 대부분의 여자들은 무서운 농담을 하지 말라고 하
며 애교를 피웠다. 겁에 질린 얼굴로, 발발 떠는 몸으로. 간혹
어둠의 세계에 대해 알고 있는 여자들은 단숨에 공포에 휩싸여
아무 말도, 행동도 하지 못하고 떨며 살려달라고 했다.

그러면 야현은 짓궂은 표정으로 농담이라고 말하며 웃음을
터트렸다.

반응은 둘 중 하나.

장난이라는 것을 알았다는 듯 애써 유쾌한 웃음을 터트리며

서둘러 자리를 뜨거나, 공포에서 벗어나려는 듯 품에 안기거나.

그런데 모용란은 아니었다.

자신을 푹 안으며 눈물을 주르르 흘렸다.

아무 말 없이.

그저 따뜻하게 웃으면서.

농담이라고 했다.

하지만 그녀는 이미 야현의 죽음을 한 번 봤었다.

'당신을 안아줄게요.'

모용란은 눈물 젖은 얼굴로 환하게 웃으며 야현의 입에 입을 맞췄다.

뱀파이어가 된 후 처음으로 여인이 아름답다는 생각이 들었다. 그와 동시에 참을 수 없는 격한 감정이 튀어나왔다. 야현은 그녀의 손길을 뿌리치고 자리에서 일어나 그녀의 방을 나왔다.

그리고 당린린이 머무는 객잔으로 와 그녀를 거칠게 덮쳤다.

짐승처럼.

피를 뿌리며…….

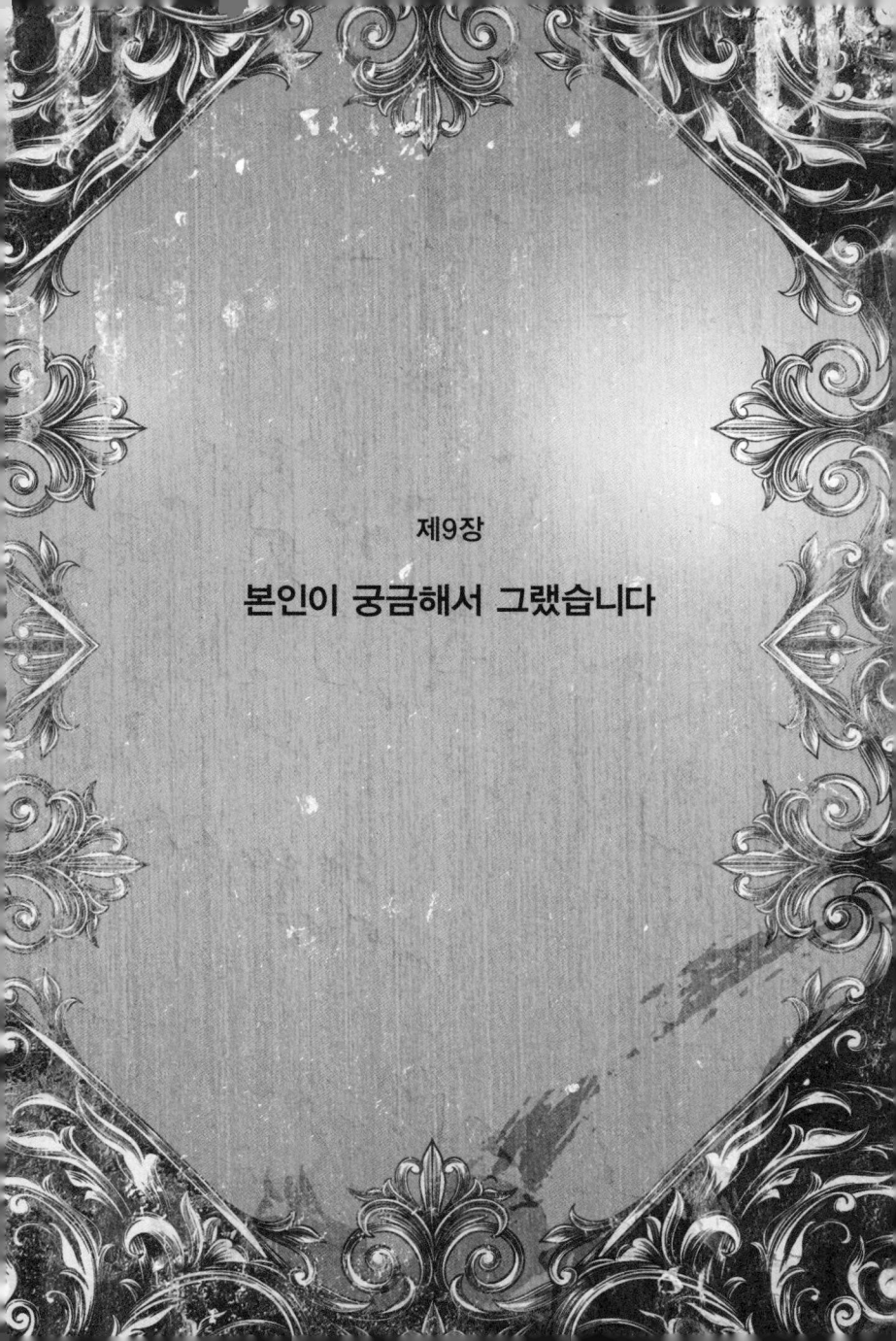

제9장

본인이 궁금해서 그랬습니다

당린린은 인기척에 눈을 떴다. 여전히 아랫배에 남아 있는 짜릿한 쾌감에 눈꺼풀이 파르르 흔들렸다.

비록 거친 사랑이었지만 오늘의 사랑은 처음과 달랐다.

첫사랑이 뜨문뜨문한 기억과 고통, 좋지도 나쁘지도 않은 묵직함에 지나지 않았다면, 오늘의 사랑은 몇 번이나 정신이 까마득해질 정도의 환희, 쾌락 그 자체였다. 이대로 죽어도 좋다고 생각이 들 정도였다.

당린린은 몸을 일으켰다.

"아!"

석양에 비치는 야현의 뒤태에 당린린은 저도 모르게 감탄을 터트렸다.

'사내의 몸이 어찌······.'

무가에서 자라다 보니 자의 반, 타의 반으로 남성의 몸을 자주 봐온 그녀였다. 강해 보인다거나 굳건해 보인다는 느낌은 간혹 받은 적이 있어도 아름답게 보인 적은 없었다.

'무공을 익히지 않은 몸이 아니야.'

그녀도 무인이기에 근육에 대해 잘 안다.

무식하게 우락부락하진 않지만 잘게 잘린 근육을 가진 몸이 어떤 몸인지 잘 안다.

느껴지는 내력은 잘 파악할 수 없었지만 저런 몸을 가지기 위해 어떤 수련을 거쳤을지 굳이 보지 않았어도 알 수 있었다.

권력에 재력만으로도 족하다 여겼는데.

무공까지.

무위가 대단하지 않을지라도 최소한의 힘을 가진 남자와 아닌 남자는 엄연히 다르다.

'내 남자야.'

어젯밤의 환락이 떠오르자 몸이 절로 부르르 떨렸다.

최소 이튿날 찾아올 줄 알았는데 바로 야현이 찾아왔다. 그리고 곧바로 거칠게 자신을 안았다.

그게 무얼 의미하는지 당린린은 잘 알고 있었다.

'호호호호.'

당린린은 전라의 몸을 가리지 않고 자리에서 야현의 등을 껴안았다.

"발 조심해."

"어머!"

야현의 말에 바닥을 내려다보던 당린린은 깨진 술병 파편을 보며 깜짝 놀랐다.

"괜찮으세요?"

야현은 몸을 돌려 당린린을 내려다보았다.

"괜찮아."

"말을 놓고 계시네요."

누구에게나 말을 높이는 야현이었다.

"이제 그럴 필요가 있을까?"

야현을 올려다보는 당린린의 눈동자가 살짝 흔들리더니 이내 그녀의 입가에 요염한 미소가 떠올랐다.

"여전히 말을 높였다면 서운했을 거예요."

남들과 다른 취급, 그건 기쁜 일이다. 그에게 한 걸음 다가섰다는 것을 의미하기에. 야현은 당린린의 이마에 입을 맞추고 의자로 걸어가 대충 걸쳐놓은 겉옷을 대충 걸쳤다.

"어때요?"

당린린의 목소리로 고개를 돌려보니 나신의 당린린이 농염한 자세로 서 있었다.

"아름답나요?"

"아름답군."

야현은 당린린의 몸을 감상하며 의자에 앉았다.

순수한 의미로 그녀의 몸은 아름다웠다. 어릴 적부터 무공을 수련해서인지 군살도 없었고 균형이 잘 잡힌 몸매였다.

"호호호."

야현의 말이 진심이라는 것을 느꼈는지 당린린은 웃음을 보이며 다가와 야현의 무릎 위에 걸터앉았다. 그리고 야현의 얼굴과 헐렁하게 여민 앞섶 사이로 드러난 가슴을 쓰다듬었다.

"모용 낭자와의 일에 대해서는 묻지 않는군."

"꼭 물어야 하나요?"

"아니야."

야현은 당린린의 등을 부드럽게 쓸어내렸다.

"아―."

당린린의 입에서는 단내음이 흘러나왔다.

"욕심도 많지만 현명하군."

"마음에 든다는 말이죠?"

당린린은 손가락으로 야현의 입술을 지그시 쓰다듬었다.

"주군."

그때 문밖에서 베라칸의 목소리가 들려왔다.

"무슨 일이지?"

"모용 낭자께서 찾아왔습니다."

"다음에 오라고 해."

야현은 기분 나쁜 표정을 지었다.

베라칸은 무표정한 얼굴로 모용란에게 고개를 숙였다.

"다음에 오시지요."

"들어가겠어요."

모용란은 다부진 얼굴로 걸음을 내디뎠다.

"죄송합니다."

베라칸이 몸을 틀어 그녀를 막아섰다.

"꼭 막아서야 하나요?"

베라칸의 표정은 변화가 없었다.

"들어가게 해 주세요. 부탁드려요."

모용란은 그런 베라칸의 눈을 바라보았다.

'흠—.'

베라칸은 흔들림 없는 모용란의 눈동자를 보며 속으로 침음을 삼켰다.

그녀를 만난 후 야현의 거친 모습은 베라칸으로서도 처음 보는 행동이었다. 야현은 언제나 냉정하고 차갑고 이성적이었다. 그러나 오늘 야현의 행동은 이성적이라기보다 다분히 감정적이었다.

'주군에게 있어 이 여인은 화인가, 아니면 복인가?'

베라칸은 야현이 언제나 외로워한다는 것을 잘 알고 있었다. 동족인 뱀파이어와의 교류는 거의 없을뿐더러 만나는 여인들도 마음을 주지 않았다. 야현에게는 안식처가 없었다.

속마음이야 그렇지 않지만 차분한 모습으로 자신을 바라보는 모용란의 눈동자에 베라칸의 마음이 흔들렸다.

"모른 척해 주세요."

베라칸을 비켜 지나 문을 여는 모용란, 한순간이지만 베라칸은 그녀를 잡지 못했다.

문을 연 순간 모용란의 눈이 화등잔처럼 크게 떠졌다.

겉옷을 걸치고 있다지만 벗은 거나 매한가지인 야현과 그무릎 위에 전라로 앉아 있는 당린린이 서로 부둥켜안고 있는모습 때문이었다.

모용란의 눈동자가 흔들렸지만 그녀는 곧 그것을 수습했다. 그리고 차분한 표정으로 문을 닫고 안으로 걸어 들어갔다.

"잠시 자리 좀 피해줄래?"

모용란은 야현을 바라보며 말했다.

당린린이 어깨를 으쓱하며 야현의 무릎에서 일어나려는데 야현이 그녀의 손목을 잡아 다시 무릎에 앉혔다.

"됐어. 할 말이 있습니까?"

야현은 입꼬리 한쪽을 말아 올리며 모용란에게 물었다.

"자리 좀 비켜줘."

거듭된 모용란의 말에 당린린이 야현의 무릎에서 일어나 침상 위에 널브러진 얇은 이불로 대충 몸을 둘렀다.

"그냥 있어도 돼."

야현의 말에 당린린이 다가왔다.

"나중에 무슨 욕을 먹으려고요. 목욕하고 올게요."

당린린은 모용란에게 미소를 살짝 보인 후 방 한편에 딸린 줄을 당겼다.

그러자 종소리가 났고 곧 시녀가 안으로 들어왔다.

"목욕 준비해."

그러고는 방과 이어지는 욕간 앞에서 다시 이불을 바닥에 벗으며 들어갔다.

모용란은 침상에 묻은 피를 잠시 바라보았다. 그리고 당린린의 목에 난 선명한 두 개의 붉은 점을 떠올렸다.

"무슨 일입니까? 용건만 듣고 싶은데."

야현의 목소리에 모용란은 그를 쳐다보며 그 앞으로 걸어갔다.

"이러면 마음이 편해요?"

모용란은 측은한 눈으로 야현을 내려다보았다.

당연히 야현의 미간에 깊은 주름이 잡혔다.

"불쌍한 사람."

모용란은 의자를 당겨 그 앞에 섰다.

"앞으로는 자신에게 상처를 주지 마세요."

야현의 얼굴이 서서히 찌푸려졌다.

"소녀가 그 마음을 다 헤아릴 수는 없겠지만 그 아픔과 공허함을 나눠요, 우리. 그리고 웃어요, 함께."

야현이 모용란의 목을 움켜잡았다.

"컥!"

"그대가 뭔데 본인의 마음을 헤아린다 하는 겁니까?"

야현은 자리에서 일어나며 모용란을 허공으로 들어 올렸다.

"한 번만 더 어쭙잖게 나대면 죽여버릴 겁니다."

야현은 그녀를 바닥에 떨구었다.

"컥컥!"

숨이 막히고 다리가 후들거리지만 모용란은 꿋꿋하게 자리에서 일어나 야현 앞에 섰다.

"이제야 사람다워 보이네요."

모용란은 희미한 미소를 지었다.

그 모습에 감정 수습이 되지 않는 듯 야현의 뺨이 파르르 떨렸다.

"본인은 그대를 잡아먹을 수 있습니다."

야현은 모용란의 멱살을 잡아당겼다.

"하악!"

뾰족한 송곳니를 드러내며 낮게 으르렁거렸다.

모용란은 독한 표정으로 고개를 들어 목을 드러냈다.

"죽일 수 있으면 죽여보세요."

지금까지와는 다른 표정.

앙다문 입술과 굳건한 눈으로 야현을 올려다보았다.

"가가는 날 못 죽여요. 소녀가 가가를 마음에 담았듯이 가가도 소녀를 마음에 담았으니."

야현은 모용란의 목을 깨물었다.

미약한 통증에 모용란이 눈을 질끈 감았다.

그녀의 목을 깨물었지만 피는 빨지 않았다. 아니 못 했다. 그녀의 말처럼 그녀의 피를 빨지 못하는 자신에게 화가 치밀어 올랐다.

살아오면서 사람 한두 명 죽여본 것도 아니다.

여인을 유혹해 먹이로 삼은 적도 숱하다.

그런데, 그런데.

쾅당탕탕탕!

야현은 모용란을 강하게 밀쳤다.

비명 한 번 지를 법도 하건만 그녀는 꿋꿋이 자리에서 일어났다. 그러고는 야현을 향해 활짝 웃음을 보였다.

"소녀도 마음을 정했어요. 가가 옆에서 가가의 상처를 함께 나눌 거예요. 소녀가 보듬어 줄게요. 그리고 가면처럼 웃는 미소가 아닌 진짜 미소를 찾아 드릴게요."

"나가."

야현은 온몸을 부들부들 떨다, 모용란의 멱살을 잡고 그녀를 던지듯 문밖으로 밀쳤다.

쾅!

그리고 문을 닫았다.

야현은 치밀어오르는 감정을 결국 이기지 못하고,

콰직!

탁자를 단숨에 부숴 버렸다.

"크하악!"

그리고 포효했다.

탁자가 부서지는 소리가 욕간까지 넘어 들어갔다.

그 소리에 목욕 시중을 들던 객잔 시녀가 겁에 질린 듯 파리한 얼굴로 몸을 떨었다.

"저, 저기……."

"괜찮아."

당린린은 아무 일도 아니라는 듯 욕조에서 몸을 일으켰다.

"몸이나 닦아."

"예, 예."

시녀는 쉽사리 진정되지 않는 듯 여전히 떨리는 손으로 당린린의 등과 허리를 닦았다. 아무렇지 않은 듯 행동하는 당린린이었지만 그녀는 자신도 모르게 입술을 지그시 깨물고 있었다.

*   *   *

야현은 활짝 열린 창문으로 떠오르는 여명을 바라보고 있었다. 눈은 건물 위로 떠오르는 해를 향해 있었지만, 머리는 모용란을 생각하고 있었다.

툭툭툭!

야현은 손가락으로 탁자를 두들기며 미간을 좁혔다.

이 상황 자체가 마음에 안 들었다.

더 마음에 안 드는 것은 아무리 생각해도 별다른 생각이 떠오르지 않는다는 것이다.

사실 생각에 집중하지도 못했다.

자꾸만 그녀의 눈물이 불쑥불쑥 튀어나와 생각을 방해했기 때문이었다. 더불어 먹먹함까지.

'후우—.'

야현은 나직하게 숨을 내쉬며 자리에서 일어나 창문을 활짝 열었다.

상쾌한 아침 공기가 폐부 깊숙이 들어왔다.

고민한다고 해결될 문제가 아님을 알았다.

"크크."

장고 끝에 악수라 했다.

고민도, 생각도 좋지만 마냥 길어지면 결과는 그다지 좋지 못했다.

그녀의 성격상 자신 곁에 머물 것이다.

오는 여자 안 막는다.

곁에 둘 것이다.

정 귀찮고 발목을 잡는다면…….

'죽인다.'

그러면 끝이다.

굳어진 야현의 얼굴에 미소가 번졌다.

기나긴 삶은 무료하다. 그렇기에 즐길 수 있는 건 모두 즐기자는 것이 야현의 목표다.

창문 아래로 말발굽 소리와 함께 사두마차가 다가와 객잔 앞에 섰다.

자연스럽게 마차에서 내리는 이는 모용란이었다.

"아암!"

그때 침상에서 당린린이 깨어났다.

"언제 일어나셨어요?"

"씻어."

"······?"

당린린은 몸을 비스듬히 일으키며 야현을 쳐다보았다.

"씻고 내려와."

"끄응. 당장이요? 귀찮은데······."

"싫으면 말고."

야현은 몸을 돌려 객실을 나갔다.

야현이 내려오자 아나나 다를까, 모용란이 이미 탁자를 하나 차지하고 앉아 있었다.

"좋은 아침이에요."

"마차 좋아 보이더군."

"어머! 소녀에게도 이제 말을 놓으시는 건가요?"

모용란이 턱을 괴고 야현을 바라보며 어제 일은 잊은 듯 싱그러운 미소를 보였다.

"본인의 여자가 되겠다는 소저에게 말을 높이는 것도 이상하지."

"그러네요."

"그래도 명심해."

"뭔가요?"

"어제 일."

"호호."

그녀의 웃음이 야현의 심기를 건드렸다.

"입 함부로 놀리지 마. 그때는 그대도 죽고, 모용세가도 지 워버릴 테니까."

야현이 살기를 끌어올려 말했다.

"걱정하지 마세요. 지아비를 배신할 소녀가 아니니까."

야현의 눈썹이 꿈틀거렸다.

이유도 모르게 심기가 더 꼬인 탓이다. 하지만 달리 할 말도 없어 그저 입을 닫았다.

잠시 후 몸단장을 마친 당린린이 내려왔다.

"어머, 언니가 와 계실 줄 몰랐네요."

"좋은 아침이야."

"좋은 아침이에요."

당린린은 인사를 받으며 보란 듯이 야현 옆에 바싹 붙어 앉 았다.

"좋아?"

모용란이 웃으며 물었다.

"좋아요."

당린린도 웃으며 대답했다.

"그거 하나만 명심하면 우리 둘은 잘 지낼 수 있어. 내가 일 처라는 거."

당린린의 웃음이 살짝 어색해졌다가 다시 농염해졌다.

"둘 다 본인 말 잘 들어."

"……?"

"뭔가요?"

"치고받고 싸우든 신경전을 벌이든 본인이 알 바는 아니지만, 본인 앞에서는 하지 마."

야현은 시녀가 내온 차를 들며 말했다.

"하면요?"

당린린이 팔을 끌어안으며 물었다.

"한 사내가 이런 말을 했었지."

야현은 고개를 돌려 당린린의 머리를 쓸며 말을 이었다.

"세상의 반은 여자라고."

너무나 다정한 미소에 당린린의 얼굴이 순간 굳어졌다.

"그대는 똑똑한 여자이니 본인 말을 잘 알아들었겠지?"

다정한 목소리, 다정한 미소.

그러나 당린린은 보았다.

한없이 차가운 눈동자를.

당린린은 몸을 굳게 만드는 차가운 눈동자에 입을 열지 못하고 고개를 끄덕였다.

"뭐, 뒤에서 서로 칼을 찌르든 음독하든 그건 본인이 상관하지 않아."

야현은 모용란을 보며 말을 마쳤다.

"소녀가 잘 다독일게요."

"믿어보지."

야현은 당린린의 팔을 풀며 자리에서 일어났다.

"간단히 요기하고 출발하지."

야현은 술 한 병을 들고 마차로 먼저 올라탔다.

그러곤 올라타자마자 술병을 따고 느긋하게 술을 마셨다. 술이 거의 다 비어갈 때쯤 소면으로 아침을 간단하게 때운 모용란과 당린린이 마차에 올랐다.

당린린이 옆에, 모용란은 맞은편에 앉았다. 야현의 눈살이 슬쩍 찌푸려졌다.

제법 넓은 마차라고는 하지만 마차 내부가 넓어 봐야 얼마나 넓겠는가. 북경 가는 내내 얼굴을 마주해야 할 상황이다.

눈이 마주치자 모용란이 화사한 미소를 보였다.

"쯧."

야현은 마음에 안 드는지 술병으로 입을 가져갔다.

몇 모금 마시지 않아 술이 떨어졌다.

"가가, 여기."

모용란이 술병을 건넸다.

"……?"

"필요하실 거 같아 준비했어요."

야현은 얼떨결에 술병을 받아 들었다.

술 마개를 땄다.

처음이다.

뜻대로 흘러가지 않는 일이.

어제도, 그리고 오늘도.

그 모든 원흉은 눈앞에서 미소 짓고 있는 모용란이었다.

'죽여버릴까?'

예상을 벗어나는 건 참을 수 없는 일이다.

야현의 손톱이 날카롭게 자라났다.

눈동자에 살기가 들어섰다.

그런 눈동자를 보고도 모용란은 싱그러운 미소를 보이며 입을 열었다.

"사랑해요."

야현의 눈동자가 짧게나마 요동쳤다.

손톱도 사라졌다.

"최대한 빨리 북경으로 가자."

야현은 술병을 입으로 가져가며 창문으로 시선을 돌렸다.

'마음에 안 들어.'

야현은 눈을 감아 버렸다.

"그래서 어찌 되었어?"

"뭐가 어찌 돼요? 그냥 냅다 도망쳤죠."

"호호호호."

"호호호!"

모용란과 당린린은 쉴 새 없이 재잘거리며 뭐가 그리 웃긴지 웃음을 터뜨렸다.

해가 산에 걸리자 하룻밤 머물기 위해 마차가 자그만 객잔 앞에 섰다.

"으으으!"

하루 종일 마차 안에 있었던 터라 몸이 찌뿌듯했던지 모용란과 당린린은 내리자마자 기지개를 켜 굳은 몸을 풀었다.

뒤를 이어 마차에서 내린 야현은 순간 미간이 좁혀졌다.

북경에서 요녕성 심양으로 이어진 주요 길목에 들어선 객잔치고 너무 조용했다. 오가는 행인의 수가 적어 객잔 규모가 작은 것은 이해할 수 있다지만, 시끌벅적해야 할 객잔이 조용하다는 건 상식적으로 말이 안 된다.

객잔으로 기감을 집중하니 묵직한 기운이 느껴졌다.

"음?"

모용란과 당린린도 이상함을 느꼈는지 걸음을 멈췄다.

"당 소저를 뵈옵니다."

객잔 안에서 푸른 청의의 무인이 나와 포권을 취했다.

가슴에 '창천' 자가 새겨져 있는 것으로 보아 남궁세가 무인인 듯했다.

"소가주께서 기다리고 계십니다."

"남궁 소협께서요?"

당린린도 놀란 듯 눈을 잠시 눈을 깜박이다가 야현의 눈치를 살폈다.

그 시선에 남궁세가 무인의 시선도 잠시 야현을 향했다.

"들어가시지요."

둘이 무슨 사이인지 모르나 소가주를 기다리게 할 수는 없는 법. 이내 신경을 끄고 객잔 쪽으로 몸을 돌려 길을 텄다.

『주군, 결입니다.』

그때 독고결의 전음이 들려왔다.

"그래요."

어차피 하루 쉬어야 하기도 하고, 자신을 보러 왔다니 마냥 피할 수도 없기에 당린린이 고개를 끄덕였다. 당린린이 먼저 걸음을 내딛고 뒤를 이어 모용란과 야현이 나란히 객잔 안으로 들어섰다.

『무슨 일이지?』

『하오문에 구멍이 생겼습니다.』

야현은 객잔 일 층에 홀로 앉아 있는 사내, 남궁강을 쳐다보았다.

『어찌하나 고민하던 중 주군과 접전이 있기에 일단 거리만 두고 있습니다.』

『간자는 파악했나?』

『흑오가 의심이 가는 자를 셋 정도 파악했지만 확실하지 않아 어쩔 수 없이 이렇게 따라붙었습니다.』

『몇이나 데려왔지?』

『특급 살수 열 모두 데려왔습니다.』

『일단 대기해.』

짧게 명을 내리고 객잔 안을 빠르게 살폈다.

객잔 주요 통로와 곳곳에 푸른 청의 무복을 입은 남궁세가 무인들이 서 있었다.

도합 열 명.

느린 발걸음으로 빠르게 객잔 안을 파악하며 야현은 남궁강 앞에 섰다.

"일행이 있으신지 몰랐습니다."

환한 웃음으로 당린린에게 인사를 건네던 남궁강의 시선이 야현을 잠시 스쳐 지나갔다. 그 눈동자에 불쾌감이 담겼다 사라졌다. 언제 그런 감정을 가졌냐는 듯 남궁강은 호인처럼 포권을 취했다.

"남궁세가의 강이라 하오."

자긍심이 가득한 인사.

"야현이라고 합니다."

야현은 담담한 미소를 지으며 인사를 받고,

『린린. 본인과의 사이는 숨기고, 날이 저물면 술잔에 산독공을 풀어.』

당린린에게 매직 마우스 마법으로 뜻을 전했다.

갑작스러운 명령에 일시라도 당황할 법한데 당린린은 활짝 웃으며 자연스레 이야기를 끌어갔다.

"란 언니의 약혼자세요."

"아—, 그러시오? 이렇게 만나 뵈어서 반갑소. 자자, 이럴 것이 아니라 이 남궁 모가 자리를 만들어 놓았으니 다들 앉으시지요."

남궁강은 그 말을 반기며 자리에 앉았다.

짝짝!

모두 착석하자 남궁강이 손바닥을 가볍게 두들겼고, 기다렸다는 듯 따끈따끈한 음식들과 술이 도착했다.

"이 남궁 모의 식견이 짧아서 그러는데……."

"가가께서는 무림인이 아니에요."

"그럼?"

"관인이세요."

"아!"

"도어사예요."

"……!"

온통 당린린에게 신경을 쏟고 있기에 건성으로 대화를 나누던 남궁강이 놀란 표정을 지었다. 아무리 관에 관심이 없는 무림인이라 해도 주요 직책 정도는 알고 있었다.

"이 남궁 모가 오늘 여러모로 놀랍니다. 이 남궁 모와 동년 배로 보이시는데 벌써 도어사라니요. 하하하하."

놀람도 잠시.

어차피 관과 무림은 물과 기름처럼 섞이지 않는다. 함께 동석하다 보니 몇 마디 오갔지만 잡설이 대부분이었다. 그리고 그것도 잠깐일 뿐, 남궁강은 당린린과의 대화에 집중했다.

"이 남궁 모가 매우 섭섭했었습니다. 소저께서 오신다 하여 얼마나 기다렸는지 모릅니다."

"호호호, 미안해요. 갑자기 동정호가 보고 싶어서 그랬답니다. 그런데 소녀가 여기에 오는 것을 어찌 아시고……."

"하오문을 이용했습니다."

"어머! 다시 끈을 이으신 거예요?"

모용란이 물었다.

"다시 이었다기보다 개인적으로 쓸 만한 자를 포섭해 두었었습니다. 그자를 이용해 끈을 만들려고 합니다."

어느새 해가 저물었다.

『산독공.』

야현의 짧은 명에 당린린의 눈이 한순간 반짝였다.

"호호호호."

당린린은 의자를 당겨 남궁강 곁에 바투 앉아 그와 팔짱을 껐다. 그리고 가슴으로 팔을 자극했다.

"허, 허엄."

남궁강은 낯을 붉히며 헛기침과 함께 야현과 모용란의 눈치를 봤다.

그때 당린린은 빠르게 남궁강의 술잔이 아닌 그녀의 술잔에 산독공을 풀었다.

"소녀가 얼마나 보고 싶으셨나요?"

"마, 많이 보고 싶었소이다."

남궁강은 여자 경험이 없는 숙맥처럼 말을 살짝 더듬었다.

"소녀도 보고 싶었사옵니다."

"그렇소?"

금세 얼굴이 환하게 밝아지는 남궁강이었다.

당린린은 술이 담긴 술잔을 남궁강에게 내밀었다.

"몸소 소녀를 찾아왔으니 술을 올릴게요."

"고맙소. 잘 마시겠소이다."

남궁강은 당린린이 건넨 술잔을 단숨에 털어 넣었다.

"소저도 한 잔……."

들뜬 목소리로 술잔을 건네던 남궁강의 얼굴이 굳어졌다.

그리고 도저히 이 상황이 믿어지지 않는 듯 요동치는 눈동자로 당린린을 쳐다보았다.

"……왜?"

"미안해요."

당린린은 요염한 미소를 지으며 자리에서 일어났다.

드르륵.

그때 야현도 자리에서 일어났다.

"본인이 궁금해서 말입니다."

"……?"

챙챙챙챙!

갑자기 달라진 분위기에 남궁세가 무인들이 일제히 검을 뽑아 들었다.

동시에 야현의 피를 물려받은 특급 살수들이 움직였다.

"으아악!"

야현은 비명 속에서도 여유롭게 남궁강에게로 다가가 그가 앉아 있던 의자를 발로 찼다.

퍽!

"크윽!"

그로 인해 균형을 잃고 비틀거리는 남궁강의 다리를 다시 차 자세를 무너트린 후, 그의 가슴을 지그시 밟았다.

"그대가 하오문에 줄을 댄 쥐새끼가 누군지 궁금하군요."

남궁강의 눈이 부릅떠졌다.

당린린과 모용란의 눈도 그와 별반 다르지 않았다.

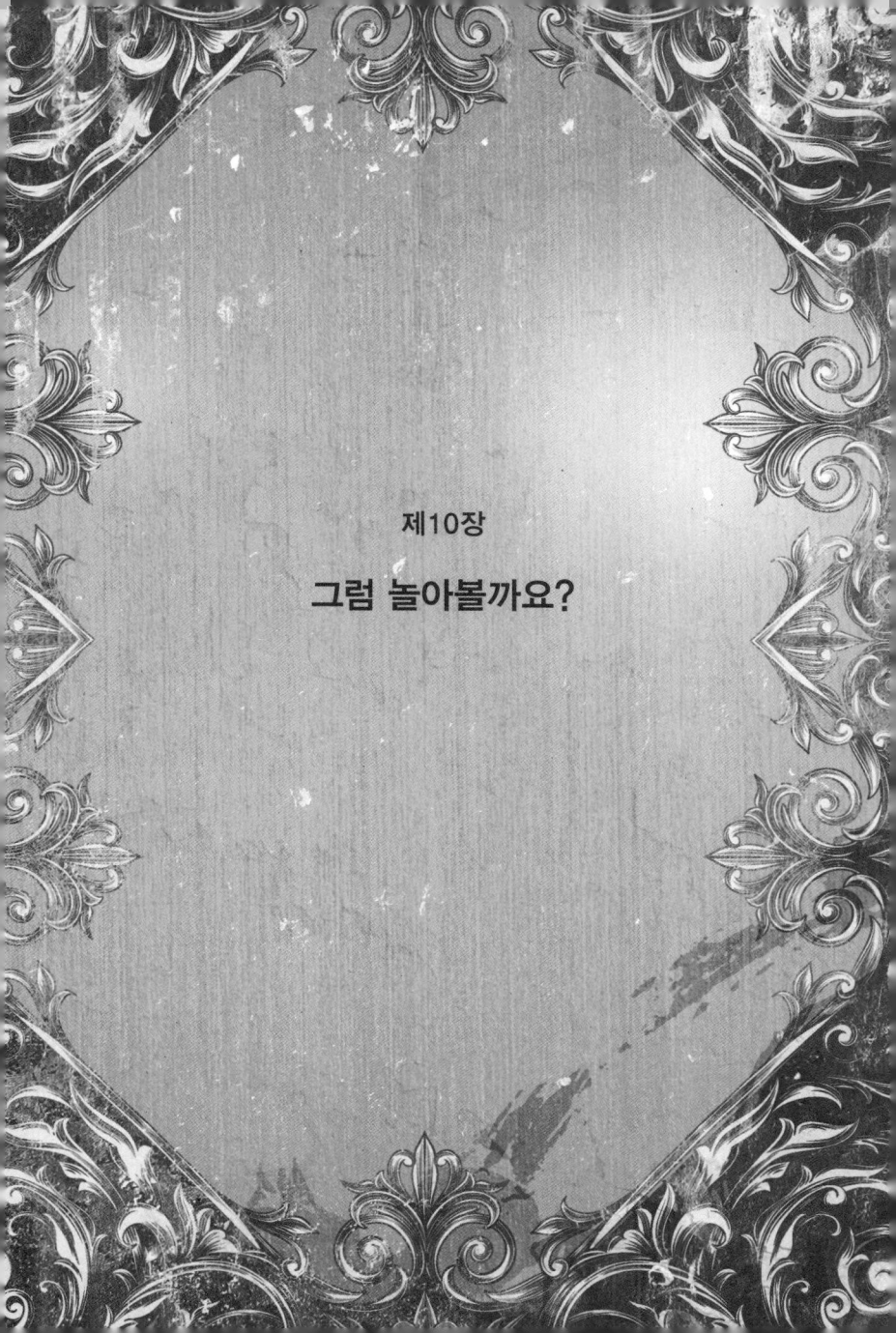

제10장

그럼 놀아볼까요?

베라칸은 바닥에 쓰러져 있는 남궁강의 머리끄덩이를 움켜
잡아, 강제로 일으켜 세웠다.

"갈!"

남궁강은 산독공에 내력이 흩어지는 가운데에서도 일갈을
터트리며 베라칸의 가슴으로 일장을 내질렀다.

쾩!

베라칸은 어깨로 남궁강의 일장을 막는 동시에 그의 무릎
을 발로 내려찍었다.

콰득!

"으윽!"

남궁강의 무릎이 부서져 정상적으로는 구부러질 수 없는 방향으로 꺾였다. 베라칸은 그것으로도 부족함을 느꼈는지 남궁강의 다른 무릎도 바스러트린 후, 그를 끌고 가 야현 앞에 놓인 의자에 앉혔다.

"소, 소가주님!"

"큭!"

누군가의 외침, 그리고 이어진 비명.

야현이 눈썹을 꿈틀거리다가 히죽 웃음을 지었다.

가뜩이나 객잔 안에 퍼져 나가는 혈향에 살심과 투기가 꿈틀거리던 야현이었다.

야현의 신형이 그 자리에서 사라졌다.

"켁!"

피를 뿌리며 쓰러지는 살수를 뒤로 하고 남궁강을 향해 달려오던 남궁세가 제자의 신형이, 짧은 신음과 함께 무형의 벽에라도 부딪힌 것처럼 멈췄다.

어느새 모습을 드러낸 야현이 남궁세가 제자의 목을 움켜잡은 것이다.

"크압!"

목이 제압된 상태에서도 남궁세가 제자는 검을 휘둘러 야현의 배를 베어 들어왔다.

야현은 바람처럼 자연스럽게 남궁세가 제자의 등 뒤로 움직여 그의 머리와 목을 움켜잡아 찢듯 잡아당겼다. 그리고 그로 인해 훤히 드러난 목을 그대로 깨물었다.

"컥!"

인간의 피는 탐하지 않지만, 적은 다르다.

전진의 정심한 내력으로 피에 대한 욕망을 누를 수는 있지만, 피를 갈구하는 본능마저 사라진 것은 아니었다. 더욱이 야현은 요 며칠 성도 위주로 움직이며 굶주린 배를 채우지 못한 상태였다.

당린린을 통해서 부족한 피를 어느 정도 채우기는 했지만, 어디까지나 허기를 겨우 면할 정도였다.

야현은 피를 빨며 모용란과 당린린을 쳐다보았고, 히죽 웃음을 드러냈다.

모용란의 눈동자가 잠시 흔들렸지만, 그녀는 곧 입술을 꼭 깨물며 그와 똑바로 시선을 마주했다. 한편 당린린은 너무 놀란 듯 입을 가린 채로 눈을 동그랗게 떴고, 얼굴도 새파랗게 변해 가고 있었다.

어차피 당린린은 뱀파이어의 피가 주는 지독한 쾌락과 욕망에 사로잡혀 자신을 떠나지 못한다.

모용란도 떠나지 않을 것이다.

"크으으으!"

단숨에 빠져나가는 피로 인해 남궁세가 제자가 고통 속에

몸부림쳤다.

"······!"

순간 야현의 눈매가 꿈틀거렸다.

콱!

야현의 송곳니가 남궁세가 제자의 목으로 더욱 깊숙이 파고들었다. 이어 몸부림치던 남궁세가 제자가 이내 정신을 잃고 축 늘어졌다.

피가 모두 빨린 남궁세가 제자의 몸은 미라처럼 바싹 말라 그 생을 다했다.

"하악!"

야현은 남궁세가 제자의 시신을 바닥으로 떨어뜨리고는 조용히 눈을 감으며 흡족한 야성을 터트렸다.

"생각지도 못한 행운이 있을 줄은 몰랐군."

다시 눈을 뜬 야현의 눈동자는 어느 때보다 번뜩였다.

무언가가 정말 즐거운지 야현은 유달리 진한 미소를 지으며, 마지막으로 살아남아 치열하게 싸우고 있는 중년의 남궁세가 제자를 쳐다보았다.

'소천단 단주.'

야현은 방금 남궁세가 제자, 소천단 부단주의 기억을 통해 그의 신분을 알아볼 수 있었다. 그는 소가주인 남궁강의 안위를 책임지는 동시에 그의 손발이 되어주는 무력 단체의 수장이었다.

그렇기에 그의 무력은 결코 낮지 않았다.

"물러나라."

야현이 입안에서 맴도는 혈향을 음미하며 걸음을 내딛자 마지막 남은 남궁세가 제자, 소천단주를 압박하던 살수들이 물러났다. 살수들은 야현의 명에 다시 어둠 속으로 몸을 숨겼다.

"오세요."

야현은 아공간에서 야월을 꺼내 남궁세가 제자를 향해 까딱거렸다.

"단주, 어서 자리를 피하세요! 어서! 이 사실을 본가에……."

남궁강의 외침에 야현은 미간을 찌푸리며 야월을 남궁강의 허벅지에 쑤셔 넣었다.

"크악!"

야현은 허벅지에 박힌 야월을 비틀어 그의 고통을 더욱 배가시키며, 소천단주를 향해 미소를 지었다.

"본인이 제안을 하나 하죠. 본인을 이기면 그대와 소가주를 살려주겠습니다."

소가주의 명에 잠시 망설이던 소천단주의 눈매가 꿈틀거렸다.

"그걸 어찌 믿나?"

"하오문주로서 약속하죠."

그때 흑오와 함께 월영이 안으로 들어왔다.

"하오문주?"

소천단주의 시선이 월영에게로 향했다.

"들어보셨을 거예요. 하오문에 허언은 없다."

그 말에 갈등하던 소천단주의 눈동자에 망설임이 사라졌다.

그는 묵묵히 고개를 끄덕이며 야현을 향해 검을 겨눴다.

남궁세가에서 최고라고 할 수는 없지만 엄연한 단주다. 단주가 되었다는 것은 남궁세가에서 인정을 받았다는 뜻인 동시에 세가 내에서도 강자라는 뜻이다.

'쉽지 않겠지만…… 이기면 된다.'

자신이 죽는다 해도 이기면 되는 것이다.

"차핫!"

소천단주의 검이 궤적을 그리며 야현의 목을 노리고 들어왔다.

장대한 검영이었다.

'창궁무애검법(蒼穹無涯劍法).'

야현은 뒤로 물러나며 소천단주가 펼치는 검법을 알아보았다.

쐐애액!

가슴을 베어오던 검이 한순간 궤적을 바꾸며 야현의 목을 찔러 들어왔다. 단순한 움직임으로 뒤로 물러나던 야현의 신형이 기이하게 뒤틀렸다.

"어, 어떻게! 네놈이 어떻게 무한보(無限步)를 아느냐!"

야현이 하늘처럼 자유로운 몸짓으로 소천단주의 검영을 피해 물러나자 그가 놀란 얼굴로 소리를 질렀다. 어설프지만 분명 야현이 남궁세가의 비전 보법인 무한보를 결대로 밟고 있음을 알아봤기 때문이었다.

"크크크!"

뱀파이어는 피를 통해 기억을 흡수한다.

피가 진한 진혈족일수록, 즉 뱀파이어 왕의 피와 가까울수록 좀 더 많은 양의 기억을 흡수할 수 있다.

야현은 왕을 제외한 진혈족 중에서 피가 가장 진하다.

작정하고 피를 흡수하면 상대의 기억을 상당 부분 읽어낼 수 있었다.

조금 전 야현은 남궁세가 제자, 소천단 부단주의 피를 빨며 남궁세가의 무공을 엿보게 되었다.

피를 통해 흡수되는 기억은 최근의 것으로부터 시작해 인생의 강렬했던 부분들이 주로 흡수된다.

소천부단주의 가장 최근의 기억은 남궁세가의 검으로 야현의 몸을 베려고 했던 것이다. 아울러 그가 살아오면서 가장 강렬하게 각인된 기억은 무공이었다.

그렇기에 야현의 머릿속에는 그가 익혔던 무공들이 흡수되었다.

"그럼 놀아볼까?"

야현이 무한보의 결대로 걸음을 밟으며 달려나갔다.

"큭!"

소천단주는 입술을 베어 물며 야현을 다시 몰아쳐 나갔다.

캉캉캉캉캉!

둘의 검이 허공에서 엉키고 떨어지기를 수차례.

"호오—."

야현은 순간순간 감탄사를 터트리며 싸움에 응했다.

'어, 어찌!'

남궁세가의 제자도 아닌 야현이 남궁세가의 검법을 펼치는 것도 모자라, 그의 검결도 점점 완벽해져 가고 있었다.

당린린의 눈에도, 모용란의 눈에도 경악이 담겼다.

하지만 남궁강만 할까.

"……!"

부러진 다리의 고통도 잊은 듯, 말도 잊은 듯 남궁강은 의자 팔걸이를 움켜잡은 채 야현과 소천단주의 싸움을 지켜보고 있었다.

창궁무애검법이 자유로워지자 기다렸다는 듯이 야현은 천풍검법과 대연검법까지 펼쳐 냈다.

잘못된 부분들은 빠르게 수정되어 갔다.

어느 검법이든 중요한 것은 형(形)이 아니라 그 안에 숨어 있는 결(訣)이다. 그 결을 모르고서는 진정한 위력을 드러낼 수 없었다.

지금 야현이 펼치는 남궁세가의 검법에는 결이 담겨 있었다.

남궁세가의 제자가 아니면 알 수 없는.

'어, 어떻게?'

남궁강은 현재 내력을 잃어 야현의 움직임을 완벽히 좇을 수는 없었지만, 그건 자신이 평생 수련해온 검법이었다. 완벽히 살필 수는 없었지만 중요한 부분을 놓치지는 않았다.

"컥!"

야현의 검이 끝내 소천단주의 배를 꿰뚫었다.

"어, 어떻게……, 커억!"

야현은 앞으로 쓰러지는 소천단주의 목을 다시 물었다. 그리고 그의 기억을 피를 통해 다시 흡수하기 시작했다.

야현의 입가에 진한 미소가 만들어졌다.

야현은 양팔을 벌린 채 눈을 감고 서 있었다.

"하아—."

약 일다경쯤 시간이 흘러 야현은 탄음과 함께 눈을 떴다.

"그렇군. 그랬어."

스윽—

야현의 보폭이 넓어졌다.

쐐액—

야월이 허공을 베었다.

야현은 소천단 부단주의 기억을 통해 남궁세가의 세 가지 검술 천풍검법, 대연검법, 창궁무애검법을 펼쳤다. 그리고 소천단주의 검과 비교해 가며 검결을 가다듬었다.

하지만 완벽하지 않음을 느꼈다.

그래서 소천단주를 간단히 죽일 수 있었음에도 몇 차례나 세 검법을 번갈아 펼쳤다.

그리고 소천단주의 피를 모두 흡수했다.

소천단주와 싸우며 그의 눈을 통해 잘못된 부분을 확인할 수 있었다. 또한, 좀 더 상승의 깨달음, 심결(心訣)도 얻을 수 있었다.

그건 바로 내력이었다.

"아쉽군."

야현은 야월을 아공간에 넣으며 아쉬움을 드러냈다.

사각!

야현은 손바닥을 그어 피를 쏟아냈다.

그 피는 바닥으로 떨어지지 않고 혈환으로 만들어졌다.

"결."

"예, 주군."

하명과 동시에 서른한 알의 혈환이 독고결에게로 날아갔다.

"남궁의 무공이다."

야현의 흡수된 기억을 조합해 혈환에 담았다.

"살수의 한계를 넘어설 수 있을 것이야."

독고결뿐만 아니라 그와 함께 온 살수들의 눈에 흥분이 일어났다. 그들은 혈환을 통해 강한 힘을 얻을 것이다. 혈환이 지식까지 전수할 수 있을지는 모르지만, 야현을 향한 강한 믿음이 있는 그들에게 야현이 그렇다고 하면 그런 것이었다.

살수지만 그들도 무인이라면 무인, 더욱이 남궁세가의 검법이다.

강해질 수 있다.

그건 즉, 살 수 있는 확률이 더 커진다는 뜻.

"순차적으로 폐관을 통해 수련을 시키겠습니다."

"그대 뜻대로 하고."

야현은 몸을 돌려 남궁강을 쳐다보았다.

혈환을 만든 두 번째 이유가 바로 남궁강 때문이었다.

아무리 뱀파이어라고 해도 흡수할 수 있는 피의 양은 한정되어 있는 법, 피를 비워야 그의 피를 흡수할 수 있고, 그의 피를 흡수해야만 소천단주와 소천부단주의 지식에만 존재하는 제왕검형을 엿볼 수 있었다.

"어, 어떻게 그런 게 가능하죠?"

당린린이었다.

"아니 어떻게 사람의 피를……."

얼마나 놀랐는지 당린린의 말은 두서가 없었다.

야현은 당린린 앞으로 바싹 다가섰다.

당린린은 저도 모르게 뒤로 한 걸음 물러났다.

야현은 그런 당린린의 허리를 감싸 품으로 잡아당겼다.

"궁금하더라도 참아. 알려줄 만한 걸 어련히 안 알려줄까. 그리고 쓸데없는 호기심은 명줄만 짧게 만들 뿐이야. 명심해."

야현은 당린린의 이마에 입을 맞췄다.

"미안합니다. 오래 기다리셨죠?"

야현은 몸을 돌려 남궁강을 내려다보며 미소를 지었다.

남궁강은 입을 몇 번 달싹거리다가 닫고는, 당린린과 모용란을 스쳐 지나가듯 쳐다본 후 야현을 올려다보았다.

"죽음은 피할 수 없겠군."

"그렇습니다."

최후를 각오한 듯 남궁강의 얼굴은 편해 보였다.

"이게 어찌 된 일인지 들을 수 있겠소?"

남궁강이 당린린을 쳐다보며 물었다.

"미안해요."

당린린은 미안한 감정을 숨기지 않았다. 하지만 단지 그뿐,

후회하는 표정은 아니었다.

"오로지 검만 바라보고 살아온 나요. 검 이외에 본 것은 당소저뿐이었고."

남궁강은 씁쓸한 표정을 지었다.

"그래도 후회는 없소. 내 판단이었으니까."

남궁강은 그녀를 바라보며 물었다.

"본인을 어찌 생각했소?"

"아마 야 소협을 만나지 않았더라면 남궁 소협과 혼례를 치렀을 거라 생각해요."

"그나마 다행이군."

남궁강은 흐릿한 미소를 지으며 야현을 올려다보았다.

"하오문에 살문, 그리고 도어사……. 혹시 황제요?"

"아닙니다."

"하하."

남궁강은 허탈한 웃음을 잠시 드러냈다.

"참으로 무서운 적이 발밑에 있었군."

나직하게 읊조리던 남궁강이 당린린을 거쳐 야현을 쳐다보았다.

"당 소저를 행복하게 해 주시오."

남궁강은 그 말을 끝으로 눈을 감았다.

"생각보다 고통은 크지 않을 겁니다."

야현이 남궁강의 목을 물었다.

"하아!"

야현은 남궁강의 피를 모두 마신 후 몸을 일으켰다.

그리고 일식경 가까이 눈을 감고 서 있었다.

"무학의 깊이는 알 수 없군."

눈을 뜬 야현의 안광에 강렬한 투기가 서렸다가 사라졌다.

야현은 피가 모두 사라져 **빼빼** 마른 남궁강을 내려다보며 입을 열었다.

"월영."

야현의 부름에 월영이 다가왔다.

"남궁세가의 저력은 상상 이상이군. 개방의 눈을 완전히 피하기는 어려울 테니 객잔을 정리해."

"알겠습니다."

"그리고 숨어든 쥐새끼는 비계의 황칠이라는 자다."

배신자의 이름이 나오자 월영의 눈빛이 살기로 번뜩였다.

"한 마리만은 아닐 터."

"철저하게 조사하겠습니다."

"그리고 당분간 몸을 숨긴다."

야현은 남궁강의 기억에서 심상찮은 기류를 발견한 것이다.

"눈과 입을 줄여라."

야현은 구석에서 떨고 있는 객잔 주인과 요리사, 점소이를 보며 차갑게 말했다.

"문도입니다."

"염려 놓으셔도 됩니다."

야현이 월영을 쳐다봤다.

"문제 만들지 않도록 해."

"그리하겠습니다."

야현은 월영에게서 시선을 떼며 독고결을 불렀다.

"결."

"예, 주군."

"상황이 바뀌었다. 본문으로 돌아가는 즉시 남궁세가의 무공을 습득하라."

"흑오."

"예."

"그 어떤 것도 놓치지 마라."

"명."

야현은 그제야 모용란과 당린린을 쳐다보았다.

"식사는 글렀군. 마차로 이동하며 간단히 요기하는 걸로 하지."

야현의 말에 모용란과 당린린은 고개를 끄덕였다.

둘 다 말은 하지 않았지만, 야현의 흡혈에 적잖게 놀란 터라 식욕이 사라진 지 오래였다.

야현은 객잔 밖으로 나갔다.

겁에 질린 마부가 대기하고 있었다.

서걱!

야현은 야월로 마부의 목을 벴다.

"가, 가가."

모용란이 놀라 야현을 불렀다.

"내 사람이 아니야."

"속하가 말고삐를 쥐겠습니다."

베라칸이 마부석으로 올라탔다.

"가지."

야현은 마차로 올라탔고, 뒤이어 모용란과 당린린도 올라탔다. 잠시 후 주방장이 만두를 내왔고, 곧바로 마차는 북경으로 달렸다.

마차에 올라탄 야현은 잠이 든 듯 눈을 감은 채 아무 말이 없었다.

"흠!"

하지만 간간이 흘러나오는 침음을 보아 깊은 생각에 잠긴 것이 분명했다.

"주군."

마차가 멈췄다.

베라칸의 목소리에 감겼던 야현의 눈이 떠졌다.

"무슨 일이지?"

"밤이 깊어 야숙을 해야 할 듯싶습니다."

이미 밤이 깊어 달빛에 의지해 마차를 몰기에는 너무 어두웠다. 야현은 물론이요, 베라칸 역시 어둠이 불편한 것은 아니지만, 마차를 끄는 말은 아니었다.

더욱이 모용란과 당린린이 함께 있으니 쉬어야 했다.

야현과 모용란, 당린린이 마차에서 내리자 베라칸은 마차를 적당한 곳에 세우고 장작으로 쓸 나무를 챙겨 왔다. 그리고 익숙하게 불을 피우고 자리를 잡아 앉았다.

"고생이 많아."

항상 곁에서 야현을 보필하는 베라칸이었지만 이런 사소한 잡일까지 해온 것은 아니었다.

"옛 생각도 들고 좋습니다."

"그렇군."

야현도 옛일이 생각나는지 부드러운 미소를 지었다.

항상 짓는 부드러운 미소였지만, 평소와 다르게 따뜻함이 묻어나오는 미소였다.

야현은 모닥불을 뒤적이다가 자신을 향한 두 여인의 시선에 고개를 들었다.

"묻고 싶은 게 많은 모양이군."

"알고 싶어요."

당찬 성격의 당린린이었다.

"뭐를 알고 싶은 거지?"

"오늘 있었던 일. 모두요."

야현은 피식 웃음을 터트리며 모닥불을 쳐다보았다.

"간단해. 하오문은 수하가 가지고 싶다 하여 준 것이고. 피는 본인이 살아가기 위한 유일한 것이고."

"혹 흡혈마공 같은 마공을 익힌 것인가요?"

"본인의 몸에서 내력이 느껴졌나?"

당린린은 고개를 끄덕였다. 하지만 워낙 미미해서 그녀는 그다지 신경 쓰지 않았었다.

"성취가 미미하지. 본인이 이은 무학은 전진의 것이야."

야현은 나뭇가지를 모닥불에 던지며 당린린과 모용란을 쳐다보았다.

"전진."

두 여인은 놀란 듯 눈을 크게 떴다.

몰락했어도 전진의 이름은 여전히 무거웠다.

도교 무학의 시조라고 해도 과언이 아닐 정도로.

"하지만 일류 수준이 될까 말까 한 정도지. 아니군, 오늘 얻은 게 있으니 일류 수준은 넘어설 수 있겠어."

"그럼 그 흡혈은 치유할 수 없는…… 구음절맥 같은 희귀한 병 때문인가요?"

"병이라……. 하하."

야현의 얼굴에 쓴웃음이 짧게 스쳐 지나갔다.

"병이라면 병일 수 있겠군. 고칠 수 없는."

"사, 사람의 피여야만 하는 건가요?"

묻는 당린린의 목소리가 가볍게 떨렸다.

"사람의 피가 본인에게 가장 좋지."

야현의 미소.

하지만 방금 말한 것 때문이었을까, 섬뜩해 보이기까지 했다.

"사람의 피가 아니어도 된다는 뜻이군요."

영민한 당린린이었다.

"평소에는 사람의 피는 안 마셔. 동물의 피를 마시지. 단, 적과 사람이기를 포기한 악인의 피는 거부하지 않아."

"그거면 되었어요."

당린린은 농염한 미소를 지었다.

어차피 당린린은 야현이 마공을 익혔던, 사공을 익혔던 상관없었다. 물론 객잔에서의 일에 무서울 만큼 놀라기는 했지만, 그와 함께라면 다른 건 아무 상관 없는 그녀였다.

피를 통한 잠자리와 야현의 권능, 매혹에 빠져 더 이상 그를 벗어날 수 없게 되어버린 탓이었다.

아울러 당린린은 어느 무가보다도 폐쇄적인 가문에서, 철저하게 강자를 존중하는 가풍에서 살아왔다. 강해지기 위해서라면 어떤 기이한 행동도 서슴지 않는 가풍의 영향도 아예 없진 않았다.

"본가야 그다지 관심을 크게 두지 않지만 오대세가는 하오문을 가지려 해요."

모용란이었다.

"소녀는 상관없어요. 어차피 가문을 나왔으니까. 가가 곁에만 있으면 돼요."

당린린이 어느새 바투 앉아 다정하게 팔짱을 꼈다.

"남이 본인의 것을 탐하는 것을 좋아하지 않아."

"본가와도 맞설 것인가요?"

그러고도 남을 야현이라는 것을 모용란은 잘 알고 있었다.

"소녀의 가문은 오대세가의 행사에 적극적으로 참여하지는 않지만, 발을 빼지도 못해요."

야현은 품에 안겨 있는 당린린을 잠시 쳐다보았다.

사천당문이 어떤 가문인지 독고결을 통해서 익히 들은 바가 있었다. 핏줄을 어느 가문보다 중시하면서도 필요하다면 그 핏줄마저 잔혹하게 잘라 버리는 곳이 바로 사천당문이었다.

당장 사천당문을 이용하기란 어려울 것이다.

"하오문은 본인의 것이라 알려. 잘못되면 책임도 물을 것이라하고."

반면 모용세가는 다르다.

모용란도 그렇지만 모용세가는 이용할 여지가 많다.

"고마워요."

모용란의 얼굴이 그제야 밝아졌다.

"음?"

야현이 고개를 돌렸고, 동시에 베라칸이 신경을 곤두세우며 자리에서 일어났다.

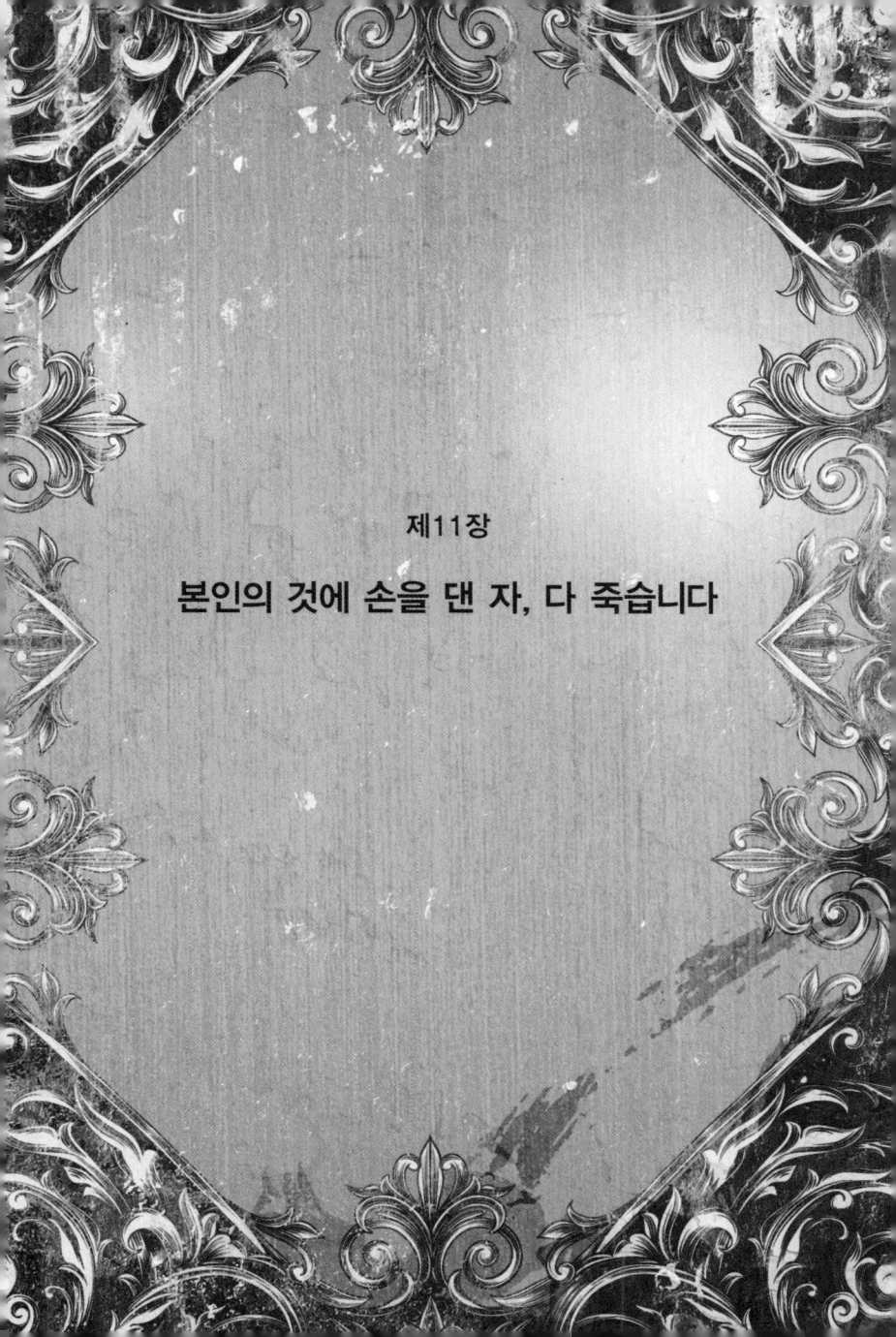

제11장

본인의 것에 손을 댄 자, 다 죽습니다

바스락 풀이 비벼지는 소리와 함께 일노일남(一老一男)이 모습을 드러냈다.

'개방?'

넝마를 입고 있어 그들이 개방도임을 쉽게 알아차릴 수 있었다. 퉁퉁한 늙은 걸인은 모닥불로 성큼성큼 걸어와 땅바닥에 자리를 잡고 앉았다.

"됐어."

야현은 늙은 걸인을 막아서려는 베라칸을 뒤로 물리며 포권을 취했다.

"방주를 뵙니다."

야현은 그의 허리춤에 묶여 있는 아홉 개의 매듭을 놓치지 않았다.

"웃차!"

뒤이어 따라온 젊은 걸인이 송아지만 한 멧돼지를 바닥에 내려놓으며 포권을 취했다.

"안주 삼으려고 오는 길에 한 마리 잡았지."

마치 모닥불이 자신의 것이라도 되는 양 개방 방주 걸취의 말과 행동은 거침없었다.

"걸취 어르신을 뵈옵니다."

"방주를 뵈옵니다."

당린린과 모용란이 인사를 건넸다.

"그래, 그래. 뭐하냐? 어서 굽지 않고."

이 둘이 함께하는 걸 알고 있었던 모양인 듯 걸취는 건성으로 인사를 받은 뒤 소방주, 후개 걸개아를 재촉했다.

"예입."

걸개아는 능청맞게 대답하며 굵은 나무에 멧돼지를 꽂아 모닥불에 얹었다. 금세 익어가기 시작한 멧돼지는 이미 손질이 끝나 있었다.

"아리따운 소저들이 있는데 여기서 멱을 따고 피를 뽑을 수는 없지 않습니까? 하하하하."

걸개아는 능글맞으면서도 호방한 웃음을 보이며 자리를 잡았다.

"처음 뵙겠소. 후개 걸개아라 하오."

"야현이라 합니다."

"술을 좋아한다고 하더군."

걸취는 허리춤에서 술이 담긴 호리병을 야현에게 던졌다.

"술과 차가 제 유일한 식도락이기도 합니다."

야현은 호리병 뚜껑을 열었지만 입으로 가져가지 않았다. 오
랫동안 사용해서가 아니라 입에 닿는 주둥이 부근에 때가 덕지
덕지 묻어 있어서였다.

"더러운가?"

"예."

당연하다는 듯한 대답에 걸취의 뺨이 씰룩거렸다.

"듣던 대로 건방진 놈이로구나."

목소리에 날이 섰다.

거지가 쓰는 물건이니 당연히 더럽다. 하지만 그 누구도 자
신이 준 술병이 더럽다고 대놓고 말한 이는 없었다.

물론 자신과 배분이 엇비슷한 이들은 그렇기는 하다. 하지
만 새파랗게 젊은 놈이 자신 앞에서 이리 말한 경우는 처음이
었다.

야현은 그런 걸취의 말에 피식 웃음을 터트리며 아공간에서
유리로 된 크리스틸 잔을 하나 꺼냈다.

기이한 사술처럼 보이는 마법에 걸취의 눈이 번뜩였다.

그러거나 말거나.

쪼르르. 야현은 잔에 술을 채운 후 호리병을 다시 걸취에게 던졌다.

"음."

담담한 음성.

싸구려 화주다.

맛이야 좋을 리 없었지만 모닥불 앞에서 마시니 제법 정취가 일었다.

"좋군요."

야현의 감탄에 걸취는 야현을 빤히 쳐다보고 있었다.

"신기한 재주로군."

"제법 편합니다."

야현은 걸취를 보며 다시 입을 열었다.

"술이나 마시자고 오신 건 아닐 테고."

"내 새끼들이 제법 큰 신세를 졌다고 하더군."

은은한 적의.

"앞으로 신세를 지는 일은 없도록 해 주십시오."

걸취의 눈썹이 꿈틀거렸다.

"주둥이 함부로 놀렸다가는 골로 가는 수가 있다."

명백한 경고.

그러거나 말거나 야현은 아공간에서 와인 두 병을 꺼냈다.

"개방을 이 땅에서 지워드릴까요?"

"뭣이라?"

걸취의 목소리는 낮아졌지만 그에게서 살기가 드러났다.

"황명이면 될 듯싶은데."

걸취는 야현이 도어사 직을 제수받았다는 사실을 떠올렸다.
야현은 부드러운 미소를 지으며 와인 한 병을 건넸다.

"서방의 와인이라는 술인데 고기와 잘 어울립니다."

"큼!"

걸취의 살기는 쉽사리 지워지지 않았다.

뽕!

그러거나 말거나 야현은 아공간에서 크리스털 잔을 더 꺼내
모용란과 당린린, 그리고 걸개아에게 건넸다. 물론 와인 잔에
마시면 더 좋겠지만 쉽게 깨지는 잔이기도 하고, 이 자리에서
굳이 그 잔으로 마실 이유가 없었기에 튼튼한 잔에 와인을 따
라준 것이었다.

야현은 병째 와인을 들이켰다.

"어머!"

어색함 속에 당린린의 감탄사가 터졌다.

"맛있어요."

이어 말은 하지 않았지만 모용란도 상당히 맛있어하는 눈치

를 보이자 걸개아도 맛을 보았다.

"하아—."

걸개아도 이어 감탄사를 터트렸다.

분위기가 묘하게 돌아가자 걸취도 어쩔 수 없이 고기와 함께 와인을 한 모금 들이켰다.

"크흠."

묘한 침음.

걸취.

거지가 취하다.

그의 별호처럼 걸취는 술에 미쳐 살아간다고 해도 과언이 아닐 정도로 애주가였다. 그렇기에 세상을 돌아다니며 온갖 술을 접한 그였다.

그런 그에게도 와인은 생소하면서도 매우 맛있었다.

떫은맛에 잠시 눈살이 찌푸려졌지만 오히려 그 맛이 입안의 기름기를 깨끗하게 지워주었다. 그러니 와인 때문에 고기도 더 맛있었고, 고기 때문에 와인이 더 맛있었다.

"좋군."

걸취는 저도 모르게 입가에 흡족한 미소를 지어 버리고 말았다.

"좋지요?"

야현이 묻자 걸취는 얼굴에서 웃음기를 지웠다.

"좋군."

술에서만큼은 거짓말을 하지 않는 걸취였다.

"이만큼 고기 맛을 좋게 해 주는 술은 처음이다."

그렇기에 솔직한 감상이 이어졌다.

"드시지요."

"오냐, 먹고 죽은 귀신 때깔도 좋다고, 먹자."

걸취는 술을 좋아할 뿐만 아니라 엄청난 대식가였다.

멧돼지 한 마리를 다 먹을 수 있을까 싶었는데 어느새 앙상한 뼈가 드러나기 시작했다.

"또 없냐?"

이 질문만 세 번째.

걸취 앞에만 세 병의 빈 와인 병이 굴러다니고 있었다.

"꺼억! 쩝쩝."

걸취는 포식을 하고 난 후 만족스러운 트림을 토해내며 입맛을 다셨다. 그러고는 더 불룩해진 배를 툭툭 쳤다.

"네놈은 어째 고기 한 점을 안 먹느냐?"

야현은 와인 병을 흔들며 대답했다.

"제 주식은 술입니다."

"끄응. 나보다 더한 놈이로군."

자신도 술에 미처 살지만 술만 마시지 않는다.

"잘 먹은 것은 먹은 거고."

걸취는 야현을 향해 몸을 숙였다.

"네놈 행로가 참으로 이상하단 말이야. 그 누구도 천하의 개방의 눈에서 벗어날 수 없는데, 네놈은 좀처럼 잡을 수가 없어."

"황제, 마교 교주, 사도련주, 하오문주."

야현은 걸취를 향해 하얀 이를 드러냈다.

"많군요. 개방의 눈을 피할 수 있는 이들이."

걸취도 누런 이를 드러냈다.

"네놈이 그런 자들과 같다는 것이냐?"

"그런 자?"

야현의 입꼬리가 말려 올라갔다.

"황상이 그런 자라……."

그 말에 걸취는 당황한 듯 입을 닫아야 했다.

"황상기멸죄면……."

"협박이냐?"

걸취의 몸에서 다시 살기가 슬금슬금 피어났다.

"글쎄요."

야현은 그 살기를 담담히 흘렸다.

"그럼 네놈을 죽이면 되겠지."

"꼭 죽여야 할 겁니다."

미미한 살기만이 주위에 흐르는 걸취의 주변과는 달리, 야현의 주변에는 그의 몸을 금방이라도 벨 듯한 날카로운 살기가 흐르고 있었다.

"……."

걸취의 눈이 가늘어졌다.

어지간한 범인이라면 이 살기만으로도 죽음을 마주할 정도로 극심한 기운이었다. 어지간한 후기지수들도 살기에 눌려 오금을 펴지 못할 터, 그런데도 야현은 마치 살기를 느끼지 못하는 것처럼 여유롭게 술병을 입으로 가져갔다.

걸취의 시선이 베라칸에게로 향했다.

제자들에게서 그의 곁에 색목인 하나가 있다고 들었다. 그리고 화산파 매화검수를 어렵지 않게 죽였다는 사실도. 그 색목인이 야현의 삼 보 뒤에서 뒷짐을 진 채 자신을 바라보고 있었다.

문제는 색목인, 베라칸의 눈빛이었다.

무심한 듯 고요하다.

그런데 그 고요함이 너무나도 짙다.

마치 태풍이 오기 전 잔잔한 대해처럼.

그렇기에 걸취는 느꼈다.

베라칸의 몸과 마음은 팽팽 당겨진 활시위가 활을 날리기 전 찾아온 정적과도 같다는 것을.

걸취는 눈을 돌려 걸개아를 스쳐 당린린과 모용란을 쳐다보앉다.

죽이려면 모두 죽여야 한다.

"흠."

걸취는 묵직한 침음과 함께 살기를 죽였다.

"좋은 게 좋다고, 굳이 적대할 필요야 없지 않겠습니까?"

야현은 아공간에서 위스키를 꺼냈다.

"좋은 놈입니다."

야현은 위스키를 걸취에게 던졌다.

"내가 이런 술에……, 꿀꺽."

야현이 위스키 뚜껑을 따자 향긋한 주향이 걸취의 코를 찔렀다. 와인도 맛있었는데 저 열은 갈색의 술은 또 얼마나 맛있을까 싶어 저도 모르게 침을 삼켰다.

"드시지요."

걸취는 입술을 슬쩍 깨물었다.

의지와 달리 걸취의 손은 이미 위스키 병을 건네받은 것으로 모자라 입으로 향하고 있었다.

"크으. 좋구나."

걸취는 위스키 한 모금에 허벅지를 탁 치며 감탄사를 터트렸다. 그리고 다시 위스키를 한 모금 마시는데 그 순간 그의 표정이 굳어졌다.

걸취는 차가운 표정으로 위스키 병을 입에서 떼며 야현을 쳐다보았다.

"본인이 원하는 건 단 하나입니다."

"들었다."

"그거면 족합니다. 어쩔 수 없이 눈에 들어가는 거야 어쩔 수 없지만. 본인은 누군가가 뒤를 캐는 걸 그다지 좋아하지 않습니다."

야현을 걸취를 보며 마지막으로 입을 열었다.

"그거면 됩니다."

"흠!"

걸취는 묵직한 침음성을 삼켜야 했다.

"크하하하하하!"

걸취는 대소를 터트리며 자리에서 일어났다.

"가자."

걸취는 대답하지 않고 몸을 돌렸다.

『부디 명심하는 게 좋을 것입니다.』

걸취는 야현의 매직 마우스에 잠시 걸음을 멈추는가 싶더니.

"크하하하하!"

다시 대소를 터트리며 걸음을 내디뎠다.

웃음과 달리 걸취의 눈은 차가웠다.

'흠!'

동시에 그의 뒷모습을 바라보는 야현의 눈매도 차가워졌다.

사람에게는 감이라는 것이 있다. 더군다나 야현은 뱀파이어이기에 보통의 사람보다 감이 뛰어나다.

그렇기에 느꼈다.

개방과, 아니 현 개방 방주와는 적이 되었음을.

＊　　　＊　　　＊

며칠 후. 북경 야풍장.

만금장의 이름과 현판이 바뀌었다. 야풍장은 적막하다고 느낄 만큼 조용했다. 비살문 살수들이 야현의 명에 의해 혈환을 섭취 후 수련에 들어갔기 때문이었다.

그리고 흑오가 야현의 집무실을 찾았다.

"일단 하오문 내 변절자들을 모두 처리했습니다."

"앞으로 개방에서 눈을 떼지 마."

"무슨 일 있으셨습니까?"

"걸취가 찾아왔었어."

"개방 방주가 말입니까?"

"앞으로 적이 될 듯싶어."

야현의 말에 흑오의 안색이 진중해졌다.

"혹 하오문에 관해 알고 있는 거 아닙니까?"

"그건 아닐 거야. 그래도 개방이라면 언젠가는 알게 되겠지.

아마도 그때 서로 검을 뽑게 될 것이고. 그러니 개방에 대해서
는 그 어떤 정보라도 허투루 다루지 마."

"알겠습니다, 주군."

야현이 손을 저어 축객령을 내리려는데,

쿠웅—

집무실 뒤편 후원에서 기의 파동이 느껴졌다.

'벌써 한 달이 된 것인가?'

야현은 자리에서 일어나 후원으로 향했다.

"우히히히히!"

아나나 다를까 카이만의 괴소가 후원에서 들려왔다.

"다녀왔습니다, 주군."

카이만은 야현을 보자 허리를 숙였다.

그 뒤로 붉은 머리의 다섯 사내가 서 있었다.

"주군을 뵈옵니다!"

적발의 중년 사내가 야현을 향해 군례를 취하며 선창하자,

"주군을 뵈옵니다!"

"주군을 뵈옵니다!"

"주군을 뵈옵니다!"

뒤에 서 있던 네 명의 젊은 기사들이 복창하며 야현에게 군례
를 올렸다.

레드 울프 기사단.

야현의 직속 무력 단체이자 호위 기사단인 적랑 기사단이었다. 적랑족은 늑대인간 부족 중에서도 소수 부족이었지만 상당히 호전적인 혈족이었다.

베라칸이 그들을 거둔 후 야현의 직속 기사단으로 만든 것이다.

그렇기에 적랑 기사단의 단장은 베라칸이었으며, 중년의 사내 부단장은 적랑족의 족장이자 부단장인 에거쉬였다.

"오랜만이군, 에거쉬."

"크게 한 판 벌이셨다고 들었습니다."

벌써부터 몸이 달아오르는지 에거쉬의 몸에서는 뜨거운 투기가 발산되었다.

"크크크크!"

"으흐흐!"

뒤에 함께 온 선발대인 적랑족 기사들도 투기를 감추지 않았다.

자바바박!

뜀박질 소리와 함께 월영이 다급히 후원으로 뛰어들어왔다. 안색이 어두운 것을 보니 무슨 일이 발생한 듯싶었다.

"집무실로 가지."

월영이 얼마나 급히 뛰어왔는지 말조차 잇지 못할 정도로 숨을 몰아쉬는 타라, 야현은 숨을 가다듬으라는 뜻으로 집무실로 자리를 옮겼다.

"무슨 일이지?"

"하오문 지부 몇 군데가……."

말을 하다 말고 월영은 분노를 참지 못해 입술을 깨물었다.

"지부의 문도들이 모조리 죽임을 당했습니다."

"원인은 쥐새끼들의 몰살이겠군."

"……그렇습니다."

그들의 죽음이 원통한지 월영은 몸을 부들부들 떨었다.

"흑오는 아직 멀었지?"

"시일을 장담할 수 없습니다, 주군."

흑오가 심각한 얼굴로 대답했다.

"에거쉬."

야현은 적랑 기사단 부단장을 불렀다.

"예, 주군."

"오자마자 고생을 좀 해야겠어."

"크크크크, 바라는 바입니다."

야현의 말에 에거쉬는 거친 웃음을 터트렸다.

"월영."

"예, 주군."

"인상 파악 및 행적 추적해."

"예."

"본인이 이것만은 약속하지."

"……."

월영이 야현을 쳐다보았다.

"모두 죽여주지. 그리고 앞으로는 문도에게 자그만 상처를 가한 자들에게도 죽음을 하사할 것이다."

월영의 얼굴에 벅찬 감정이 피어났다.

"카이만."

"예, 주군."

"지금 소규모 워프 게이트 진 스크롤을 얼마나 가지고 있나?"

"십여 개 정도 됩니다."

"정확히."

그 명에 카이만이 아공간에서 스크롤을 꺼내 서탁 위에 올려 놓았다. 열여섯 개였다. 그 수에 맞춰 카이만은 마나석도 꺼냈다.

"좀 써야겠어."

"속하의 것이 곧 주군의 것 아니겠습니까? 우히히히히!"

"월영, 승마에 뛰어난 자를 열여섯 명 선발해."

"각 성도로 보낼 생각이신가요?"

"그래."

"무게가 무겁지 않으니 전서응을 이용하면 더 빠릅니다."

"좋아. 그건 알아서 처리하고. 사용법은 곽이만에게 들어."

"예, 주군."

"좀 더 정확히 게이트 진을 이용하려면 지도가 필요합니다."

카이만의 말.

"지도라. 그건 본인이 구하도록 하지."

야현이 자리에서 일어났다.

서방이든 이곳이든, 가장 정확한 지도를 사용하는 곳은 군대다. 군사용 지도보다 더욱 명확한 것은 없다.

야현은 병부 건물로 들어섰다.

"누구시온지."

관복을 입지 않고 들어온 터라 한 관리가 야현의 걸음을 멈춰 세웠다.

"병부 소속입니까?"

"그렇습니다."

"특무도어사 야현이라고 합니다."

"아―."

야현의 이름은 이미 자금성 내에서 유명한지라 관리가 금세 그를 알아보았다.

"병부 정육품 주사입니다."

"반갑습니다."

"그런데 도어사 대인께서는 어인 일로 병부에 발걸음을 하셨는지……."

도어사는 도찰원 소속이다.

즉, 병부와는 거리가 있는 신분이기에 물은 것이다.

"상서 대인을 뵙고자 합니다."

"소인이 모시겠습니다."

야현의 말에 병부 주사는 병부를 책임지고 있는 상서에게로 안내했다.

"야 공과 이렇게 인사를 나누는 건 처음이지요? 병부를 맡은 송열이라 하외다."

"야현입니다."

"앉으시지요."

야현은 병부 상서 송열의 집무실에서 그와 마주 앉았다.

"야 공께서는 어인 일로 병부에 발걸음을 하셨소이까?"

"지도를 하나 구하고자 합니다."

"지도요?"

송열의 낯이 살짝 찡그러졌다.

불법이지만 시중에서 구하고자 한다면 능히 구할 수 있다. 굳이 이곳에서 지도를 구하고자 한다니 군사용으로 사용되는 세밀한 지도를 원하는 것이 분명했다.

"지도라……. 사용처를 알 수 있소이까?"

"개인적으로 사용하고자 합니다."

"흠……."

"기밀 사안이 담기지 않은 좀 더 세밀하고 정밀한 녀석이면 됩니다."

그 말에 송열의 얼굴이 환해졌다.

"역참용 지도면 되겠군요."

한결 부담을 던 듯 목소리도 제법 밝아졌다.

"어차피 군부에서 쓰는 지도에 역참만 표시했으니 부담 없이 쓸 수 있을 겁니다. 그렇지만 대외비이니 실수라도 잊어버리시면 아니 됩니다."

"폐하와 독대라도 하게 된다면 좋은 말씀을 올리지요."

"하하하, 뭘 그리 큰 도움을 줬다고."

송열의 얼굴에는 함지박만 한 웃음이 피어났다.

"밖에 누구 없느냐?"

송열의 부름에 한 관리가 안으로 들어왔다.

"가서 역참용 전도를 한 부 가져오너라."

관리가 나가고 야현은 품에서 황금 백 냥짜리 전표를 꺼내 건넸다.

"당장 술이라도 한잔 대접하고 싶지만 한동안 개인적으로 일이 있습니다. 일단 아랫사람들과 한잔하시지요."

"아이구, 이런 걸 다."

말로는 거부했지만, 행동은 그러하지 않았다.

감찰하는 이가 건넨 돈이니 감찰에 걸릴 돈도 아니었다.

잠시 후 야현은 지도를 가지고 야풍장으로 돌아왔다.

"이걸로 게이트 진을 짜."

야현은 카이만에게 지도를 던졌다.

"며칠이면 구축할 수 있나?"

"삼 일, 늦어도 사 일이면 구축할 수 있습니다."

월영의 대답.

"한시라도 빨리 복수하고 싶으면 시간을 줄여."

"예."

월영은 카이만과 함께 장주실을 나갔다.

"크크크크, 감히 본인의 것에 손을 대?"

야현의 목소리에는 살기가 가득 담겼다.

제12장

그대를 어찌할까?

오 일이라는 시간이 흘렀다.

야현이 명했던 사 일에서 하루가 더 걸린 것이다.

"준비를 다 마쳤습니다."

카이만.

"수고했다."

야현은 하루가 더 소요된 것에 대해 가타부타 말을 덧붙이
지 않았다.

하루라는 시간이 늦어진 타당한 이유가 있었기 때문이었다.

단순히 중원 곳곳에 워프 게이트 진을 설치하는 것이라면 몰라
도, 카이만은 거기에 마법 통신구까지 설치한 것이었다.

시일이 촉박해 자유로운 의사가 가능한 쌍방향 통신구를 만들어내지는 못했지만, 카이만이 빠르게 만들어낸 마법 통신구는 초기형이자 사안이 급할 때 임시로 사용하는 것으로, 봉화(烽火)처럼 통신구의 색깔을 구분 삼아 미리 약속된 의사를 전달하는 방식이었다.

일차적으로 응징을 한 후, 시간을 들여 차차 자유로운 통신구로 교체하기로 하였다.

"그들의 행적은?"

"마교는 그사이 청해 두 곳의 지부를 무너트렸고, 오늘 아침……."

월영은 말을 하다말고 입술을 깨물었다.

"청해성 성도 서녕에 들어섰습니다. 성도 지문(支門)을 노린 듯합니다. 그들에게 청해성 내 지부 여섯 군데가 무너졌습니다."

하오문의 체계는 본문, 지문, 그리고 지부로 이어졌다.

본문 아래 각 성 성도에 지문이 있었고, 그 지문이 다시 주요 현에 지부를 두고 있었다. 그렇기에 지문이 무너지면 성 전체의 정보가 차단되는 것이나 매한가지였다.

"청해성은 마교의 영향력이 미치는 곳이기에 하루 이틀 내에 발각될 것으로 사료됩니다."

"그리고?"

"사도련은 현재 하남성 정주에 위치한 지문을 접수한 상태입니다. 하오문의 굴복을 요구하고 있으며 하루에 한 명씩 죽이고 있습니다."

"언제부터지?"

야현의 눈매가 가늘어졌다.

"그제입니다. 정오를 시점으로 죽이고 있습니다."

과연 마교와 사도련답다고나 할까.

"오대세가의 움직임은 없습니다."

남궁세가 때문일 것이다.

"하지만 제갈세가와 황보세가의 움직임이 심상치 않습니다."

콰당!

그때 문이 거칠게 열리며 홍암이 들어섰다.

"호북 무한의 지문에서 붉은색이 떠올랐습니다."

붉은색은 적의 공격을 알리는 신호였다.

아울러 호북성 무한이면 제갈세가였다.

"아직 정오가 되려면 한 시진쯤 남았군."

야현이 자리에서 일어났다.

"일단 정주는 시간의 여유가 있으니 무한으로 간다. 오늘 점심은 정주에서 하지."

쿵!

다섯 명의 기사가 가슴에 주먹을 부딪치며 군례를 취했다.

"우히히히. 너도 갈 테냐?"

카이만이 월영을 바라보며 물었다.

"네."

"그대의 목숨은 책임질 수 없다."

"죽는다 하더라도 문도들의 복수를 이 눈으로 보고 싶어요."

야현의 말에 월영은 한 치의 망설임 없이 대답했다.

"가지."

"소녀도 가겠어요."

뒤늦게 들어온 당린린이 나섰다.

야현은 당린린과, 함께 온 모용란을 보며 눈살을 찌푸렸다.

별다른 말 없이 야현은 장주실을 나갔고, 그를 따라 베라칸, 다섯 명의 적랑 기사단원, 카이만과 월영, 흑오, 그리고 당린린과 모용란이 워프 게이트 진으로 향했다.

        *   *   *

제갈세가에서 제법 큰 포목점 입구를 제갈세가 무인들이 틀어막았다.

비단 입구뿐만이 아니었다. 뒷문, 창문, 그리고 지붕까지. 어느 하나 빠져나갈 여지가 있는 곳이라면 제갈세가 무인들이 검을 뽑은 채 흉흉하게 자리를 잡았다.

우당탕탕탕!

제갈세가 무인들의 손에 이끌려 주인과 그의 부인, 어린 딸, 그리고 총관과 점원 다섯 명까지 누구 한 명 빠짐없이 점포로 끌려 나왔다.

"무, 무슨 일로……."

포목점 주인, 점주의 말이 끝나기도 전에,

퍽!

제갈세가 무인 한 명이 검자루로 점주의 배를 후려쳤다.

"여, 여보!"

"아, 아버지!"

점주의 아내와 어린 딸이 놀라 소리를 지르며 그에게 달려갔다.

"무슨 죄든 달게 받겠습니다. 그러니 사, 살려주십시오. 살려주십시오."

점주는 아내와 딸을 뒤로 감추며 살려달라 빌고 또 빌었다.

"사, 살려주십시오."

"살려주십시오."

점주의 애원에, 총관과 점원 모두가 살려달라 애원했다.

그때.

또각 또각 또각.

제갈세가 무인들이 길을 트고 병색이 완연한 소녀가 점포 안으로 들어섰다.

지패 제갈지소였다. 표정이 없는 제갈지소는 점포 안으로 들어서자 손가락을 까닥거렸다.

"본가의 인상이 있으니 문 닫으세요."

"예, 아가씨."

제갈세가에서 그녀의 명은 소가주 제갈성의 명보다 위다. 그녀보다 절대적인 이는 오로지 제갈세가 가주뿐이었다. 제갈지소의 명에, 최소한의 인원을 제외한 제갈세가 무인들이 포목점 문을 굳게 닫으며 안으로 들어왔다.

"제, 제발 살려주십시오."

그들의 애원이 들리지 않는지 제갈지소는 포목점 주인과 그의 식구, 점원들을 훑어보다 어린 소녀에게 잠시 눈길을 준 후 주인을 내려다보았다.

"하오문 지문장?"

그 호칭에 점주의 눈동자가 흔들렸다.

"다른 건 필요 없어요. 본문의 위치만 알려주시면 모두가 살아남을 수 있습니다."

"하, 하오문?"

"허억!"

점원 몇이 놀란 듯 소리를 내뱉다가 가까스로 손으로 입을 틀어막았다.

"무, 무슨 말씀을 하시는 것이온지 소인은……."

제갈지소는 여전히 표정의 변화 없이 점주, 하오문 지문장의
말을 끊으며 입을 다시 열었다.

"모른 척해도 소용없습니다. 본가는 제갈세가입니다. 그리고
본녀는 제갈지소입니다."

지문장은 눈을 감으며 입술을 얇게 베어 물었다.

"자결로 넘어갈 수 있다고 생각하지 않았으면 하네요. 자결
하면 지문장의 따님을 살지도 죽지도 못한 존재로 만들 겁니
다."

지문장은 눈을 다시 뜨며 뒤로 돌아보았다.

딸을 부둥켜안고 눈물로 고개를 젓는 아내의 모습이 눈에
들어왔다.

"마누라."

"안 돼요. 안 돼요. 우리 딸, 우리 딸은 어찌하고요."

남편의 눈빛에서 불안함을 느낀 듯 부인은 세차게 고개를
저으며 부정했다.

"미안하구나. 못난 아비를 둬서."

"아, 아빠……."

"미안하구나. 미안하구려."

지문장은 어금니를 꽉 깨물고, 고개를 들어 제갈지소를 올

려다보았다.

"본문에 대해서 알려줄 수 없으니 죽음을 면치 못하겠구려."

살려달라 애원하던 그가 아니었다.

그 모든 행동이 연극이었다는 듯 지문장의 시선은 한 치의 흔들림도 없었다.

"제갈세가의 덕망이 높으니 나와 식구들의 목숨만으로 참아주시오."

"지문장님. 지(知)로 하늘을 본다는 제갈세가입니다. 지문을 지문장님과 저 단둘이 경영해 왔다는 건 동네 꼬마 아이도 알 것입니다. 나의 목도 추가해 주시오. 나머지 애꿎은 사람들에겐 너그러움을 보여주시기 바랍니다."

십 년 가까이 점원 생활을 한 중년인이 허리를 숙여 정중하게 요청했다.

"지문을 단둘이 꾸려가는 게 말이 됩니까?"

포목점에 들어온 지 일 년이 갓 지난 신참 점원도 허리를 숙였다.

"제가 마지막입니다. 셋의 목으로 넘어가 주시지요."

제갈지소는 마치 인형처럼 표정의 변화 없이 그들을 내려다보았다.

"주세요."

제갈지소는 옆에 서 있는 무인에게서 검을 건네받아 지문장의 턱에 가져갔다.

차가운 검날에, 감긴 지문장의 눈꺼풀이 파르르 떨렸다.

"사람이란 망각의 동물이라고들 하죠."

제갈지소는 검으로 지문장의 턱을 들어 올렸다.

"그리고 착각들을 하죠. 모든 인간이 평등하다고."

제갈지소는 고저 없는 목소리로 말하며 지문장의 아내를 가리켰다.

푹!

제갈지소가 무표정한 얼굴로 지문장의 허벅지에 검을 쑤셔 넣었다.

"큭!"

"당신들과 본가가 평등하다고 생각하나요?"

제갈지소는 지문장의 허벅지에 박힌 검을 비틀었다.

"크윽!"

"도대체 무슨 생각으로 본가와 본녀에게 이래라저래라 하는 거죠?"

제갈지소는 지문장의 허벅지가 너덜너덜해질 정도로 검을 휘저었다.

"크아악!"

"아빠!"

엄마 품에 안겨 오들오들 떨던 소녀가 달려나가 제갈지소의 다리 가랑이를 붙잡고 큰 울음을 터트렸다.

"살려주세요. 제 아버지를 살려주세요."

바닥을 기어서인지 제갈지소의 하얀 바지에 얼룩이 덕지덕지 묻었다.

표정의 변화가 없던 제갈지소에게 처음으로 변화가 생겼다. 그래 봐야 미간이 살짝 좁아진 것뿐이지만.

제갈지소는 소녀의 손을 뿌리치고, 뒤로 물러나며 검을 들어 올렸다.

"어디서 더러운 손을."

후욱!

제갈지소의 검이 소녀의 팔을 그었다.

"아아악!"

소녀는 베인 팔을 붙잡으며 쓰러졌다.

"소미야! 소미야!"

검에 허벅지가 너덜너덜해져 고통에 신음하던 지문장이었지만, 그는 팔에서 피를 뿌리며 비명을 지르는 딸을 고통도 잊은 듯 부둥켜안았다.

"헉헉헉."

검을 한 번 휘둘렀을 뿐인데 제갈지소는 힘겨운 듯 비틀거리며 식은땀을 흘렸다.

"아가씨."

"괜찮아요."

제갈지소는 잠시 숨을 고른 뒤 홀로 섰다. 그녀의 안색은 전보다 더 창백했다. 제갈지소의 유일한 약점이라고 한다면 체력이었다. 홀로 십여 장도 걸을 수 없을 만큼 약했다.

그 모든 원인이 하늘이 내린 천형, 구음절맥을 앓고 있기 때문이었다.

구음절맥.

의서에만 기록된 희귀병이다. 신체에는 근본적으로 음과 양이 모두 존재한다. 치우침은 있겠으나 음과 양을 모두 가지고 있어야 사람은 살아갈 수 있다.

그게 상식이다. 하지만 구음절맥을 가지고 태어난 여인의 몸에는 양기가 없다. 오로지 음만 가진 채로 태어난 것이다.

불균형도 아닌, 철저하게 파괴된 신체를 타고난 것이다.

그렇기에 약한 체력은 둘째치고 평생 몸이 얼어붙어 가는 지독한 고통 속에 살아간다.

그런 신체의 불균형 때문에, 구음절맥을 타고난 여인은 만 스무 살을 넘기 못한다고 전해진다.

하지만, 왜 의서에서 구음절맥을 중요하게 다루느냐 하면, 천재적인 두뇌 때문이었다.

천형이라 불리는 파괴된 몸에 비해 머리는 일반 범인이 상상할 수 없을 정도로 뛰어나다는 것이다. 그렇기에 제갈지소는 방년의 나이조차 넘기지 못했던 어린 나이임에도 불구하고 절대자 중 일인인 지패에 이름을 올린 것이었다.

"본녀가 무엇에 가장 분노했는지 아시나요?"

제갈지소는 지문장을 빤히 쳐다보며 말을 이었다.

"본가 지척에 버러지들이 살아가고 있었다는 거예요. 박멸해도 시원찮은 버러지들이 감히 본녀와 대등해지려 한 것. 그리고 본녀의 넓은 아량을 무시했다는 거죠."

싸늘한 목소리임이 틀림없었지만 여전히 그녀의 목소리에는 고저도 없었고, 감정도 실리지 않았다.

"모조리 죽이세요. 그리고 저년은 살려두세요. 죽지도 살지도 못한 삶 속에서 깨달아야 하니까."

제갈지소는 힘겨운 듯 뒤로 물러나 기둥을 잡고 가쁜 숨을 몰아쉬었다.

챙— 챙챙챙!

제갈지소의 명에 제갈세가 무인들이 일제히 검을 뽑아 들었다.

"죽여라."

제갈지소 곁에 서 있던 중년인의 단호한 목소리에 제갈세가 무인들이 하오문도들을 향해 검을 휘둘렀다.

쐐애애—

그때 이질적인 파음이 검음(劍音) 속에 파고들었다.

캉!

지문장과 그의 부인, 그리고 점원들의 목과 가슴으로 내려 그어지던 검들이 불꽃과 함께 허공으로 튕겨 올랐다.

"켁!"

동시에 짧은 단말마와 함께 제갈세가 무인 한 명이 뒤로 넘어갔다.

"누구냐!"

짧은 호통.

저벅 저벅 저벅!

묵직한 발걸음과 함께 야현이 모습을 드러냈다.

"린린?"

제갈지소는 야현 뒤에서 요염하게 걸어 나오는 당린린을 보며 의문에 찬 목소리로 물었다.

"오랜만이야, 지소."

당린린이 반갑다는 듯 손을 흔들었다.

"왜 네가?"

"여기 오면 잘난 너를 볼 수 있을 거 같아서. 호호호호, 그런데 오기를 잘했네."

당린린은 기분이 좋은 듯 웃음을 터트린 후 제갈지소를 향해 방긋 미소를 지었다. 반면 제갈지소는 처음으로 낯을 찡그렸다. 그리고 무표정하던 제갈지소의 표정에 변화가 한 번 더

생겼다. 당린린 뒤에 서 있는 모용란을 보고 난 이후였다.

"란 언니?"

모용란은 쓴웃음을 지은 채, 고개를 살짝 숙여 인사를 건넸다.

"자자, 인사는 그만하고."

느긋한 발걸음으로 포목점 매장 안에 걸어 들어온 야현은 바닥에 쓰러진 의자 하나를 세워 편하게 앉았다.

"사천당문이면 의술도 알지?"

"네, 가가."

"치료 좀 해줘."

"그럴게요."

당린린은 화사하게 웃으며 상처를 입은 지문장과 그의 딸에게로 다가갔다.

"누군가요?"

제갈지소의 물음.

"그대가 지패 제갈지소인가요?"

야현은 그런 제갈지소를 향해 부드러운 미소를 지으며 물었다.

"본녀의 질문이 먼저예요."

"당찬 여인이군요."

"다시 묻겠어요. 누구죠?"

"하오문의 주인입니다."

야현의 대답에 제갈지소의 눈가가 굳어졌다.

"그렇군요."

제갈지소의 입가에 희미한 미소가 그려졌다.

"수고를 덜었네요."

"그리 생각하십니까?"

"감히 하오문 주제에 본가에 맞서려 하다니. 왜 하오문은 하오문이고, 제갈세가는 제갈세가인지 똑똑히 가르쳐드리죠."

"아, 그 전에."

야현이 고개를 돌려 떨리는 눈으로 자신을 쳐다보는 지문장을 비롯해 그의 가족과 문도, 점원들을 쳐다보며 입을 열었다.

"하오문에 새로운 문규가 만들어졌습니다."

야현은 다시 제갈지소를 보며 천천히 입을 열었다.

"피의 빚은 피로 갚는다."

"건방진!"

제갈세가 무인 하나가 붉어진 얼굴로 소리쳤다.

제갈지소가 손을 들어 제갈세가 무인을 뒤로 물렸다.

"어떻게 받아들여야 하는 거죠?"

제갈지소는 당린린과 모용란을 보며 물었다.

"지아비를 따라가는 건 아녀자의 덕목이야. 뭐 그건 모용 언니의 마음일 테고……. 나는 재수 없는 네가 죽는 걸 혹시나

볼 수 있을까 해서 왔고."

당린린은 제갈지소를 보며 방긋 웃었다.

짝짝!

야현이 박수를 쳐 분위기를 환기시켰다.

"시간이 없으니 잡설은 이만하고. 카이만."

"우히히히히!"

카이만이 앞으로 나왔다.

"밖에도 제갈세가 무인들이 있으니 음성 차단해."

"예, 주군."

카이만은 스태프를 바닥에 쿵 찧으며 음산한 목소리로 중 얼거렸다.

쿠우우—

기이한 파동이 스태프에서 퍼져 나가 바닥과 벽으로 스며들 었다.

"란매와 린매는 내 식구들을 지켜주고."

야현의 말에 모용란과 당린린은 상처 입은 지문장과 그의 딸, 그리고 문도와 점원들을 구석으로 옮겼다.

"소녀는 뭘 하면 되나요?"

월영이었다.

"아, 늦어도 소개는 해야지."

야현이 월영을 가리키며 천천히 입을 열었다.

"하오문주로서 적의 죽음을 지켜봐라."

"알겠습니다."

월영은 독기 어린 눈으로 제갈지소를 노려보며 대답했다.

"자, 판은 준비되었으니 시작하지."

"명!"

나선 이들은 적랑 기사단 다섯 명이었다.

"쉽게들 가자."

야현이 카이만을 보며 말하자 투기를 끌어올리던 적랑 기사단 부단장인 에거쉬가 입을 열었다.

"주군. 수하들의 즐거움을 뺏을 생각이십니까?"

촤라라라락!

에거쉬가 한 걸음 내디디며 마나를 뿜어내자, 붉은 늑대가 양각된 미스릴 벨트에서 경쾌한 소리가 났다.

미스릴 벨트에서 얇은 철판이 뻗어 나온 것이다.

그 얇은 철판은 허리로부터 시작해서 앞가슴과 등, 이내 두 팔을 둘러쌌다. 그리고 허벅지를 감싸며 내려가 발을 뒤덮었다.

기사의 전유물이자 마법 무구인 중갑옷, 풀 플레이트 메일이었다.

"크크크크!"

에거쉬는 머리 위로 만들어진 투구를 내려 쓰고, 투 핸드 소드를 뽑아 들었다.

쿵!

에거쉬가 내딛는 발걸음 소리가 제갈세가 무인들의 가슴에 무겁게 파고들었다. 붉은색이 곁든 묵빛 철갑옷의 위용에 한순간이나마 마음이 꺾인 탓이다.

그리고 느껴지는 것이 있었다. 지옥의 사자를 보는 듯한 죽음의 카리스마. 바로 그것이었다.

투구 사이로 번뜩이는 안광에 제갈세가 무인들은 입술을 깨물며 검을 들었다.

"가자!"

에거쉬의 명에,

"아우우우우!"

"아우우우우!"

적랑 기사단원들이 투기에 찬 늑대 울음을 터트리며 신형을 날렸다.

쐐애애액!

선두는 당연히 에거쉬였다.

어깨를 베어 오는 제갈세가 무인의 검에도 그는 아랑곳하지 않고 투 핸드 소드를 들어 올렸다.

캉!

제갈세가의 검이 에거쉬의 어깨, 견갑을 때렸다. 미스릴 갑옷과 검이 부딪치자 불꽃이 튀었다. 하지만 갑옷엔 흠집 하나 나지 않았다.

"······!"

"크크크크!"

놀라 눈을 부릅뜨는 제갈세가 무인의 얼굴에 에거쉬는 투기 섞인 웃음을 터트렸고, 이내 투 핸드 소드를 횡으로 그어 그의 허리를 단숨에 양단해 버렸다.

서걱!

에거쉬는 허리가 잘려 바닥으로 떨어지는 제갈세가 무인의 몸통을 주먹으로 쳐 공간을 만들며 또 다른 적, 제갈세가 무인을 향해 신형을 날렸다.

쐐애애액!

중년으로 보이는 제갈세가 무인은 확실히 노련함을 갖춘 듯 갑옷에서 유일하게 몸을 드러낸 곳, 에거쉬의 눈을 향해 검을 찔러 들어왔다.

"크크!"

눈을 노린 공격은 비일비재한 일.

에거쉬는 여전히 가소로운 조소를 날리며 투 핸드 소드로 제갈세가 무인의 검을 쳐내는 동시에 그의 품으로 파고들어 가슴을 어깨로 들이박았다.

쿵!

"커헉!"

묵직한 파음과 함께 터져 나온 신음.

무지막지한 어깨 차지에 제갈세가 무인은 피를 뿜으며 바닥
으로 나뒹굴었다.

에거쉬는 바닥에 쓰러진 제갈세가 무인의 가슴을 발로 밟으
며 투 핸드 소드를 수직으로 들어 올렸다가 단숨에 심장을 내
려찍었다.

"아우우우우!"

단말마를 뒤로하고, 에거쉬는 양팔을 벌려 승리의 포효를
날렸다.

비단 에거쉬 뿐만이 아니었다.

쑤아아악!

서걱!

적랑 기사들의 움직임은 가히 패도적이었다.

오로지 전진, 그리고 또 전진.

"으아아악!"

어지간한 공격은 갑옷으로 버티며 오로지 적을 베고 또 베었
다. 적랑 기사단의 중갑옷은 단순한 철제 갑옷이 아니었다.

단단하기로는 금강석, 다이아몬드보다 강하다는 통짜 미스
릴에 마법으로 그 방어력을 더욱 높였다.

검기, 마나 커터라면 겨우 흠집을 낼 정도. 그리고 검강, 마나
블레이드 정도가 되어야 적랑 기사단의 중갑옷을 벨 수 있을

정도였다.

카이만이 자신이 만든 무구 중 평생의 회심작이라고 자랑하는, 중갑옷 중 최고의 중갑옷이었다.

가히 무적이라는 단어와 함께 일인 군단이라는 단어가 떠오를 만큼 그들의 움직임은 파괴적이었다.

"크아아악!"

일방적인 학살이라고 해도 과언이 아닐 정도로 제갈세가 무인들은 큰 힘을 쓰지 못하고 모두 죽음을 면치 못했다.

일 각.

단 일 각이었다.

스무 명 남짓한 제갈세가 무인들이 모조리 몰살당하는 데 걸린 시간이.

"어때요?"

야현은 구석에서 놀라 아무런 말도 하지 못하는 지문장을 보며 물었다.

"예, 예?"

"이만하면 피의 빚을 갚았지요?"

"그, 그렇습니다."

지문장은 상처 입은 다리를 이끌고 야현 앞으로 기어와 엎드렸다.

"비록 자랑스러운 하오문의 문도이오나 이런 날이 올 줄은 몰랐습니다."

감정이 북받쳤는지 지문장의 목소리는 격하게 떨리고 있었다.

쿵!

"오늘의 하오문을 잊지 않겠습니다. 충!"

동시에 머리를 바닥에 찧었다.

"으음! 아닙니다. 충성의 맹세는 문주에게 하세요."

야현은 고개를 들어 월영을 바라보았다.

"안아주세요. 그대의 사람들이니."

야현은 자리에서 일어나 충격을 받은 듯 멍하니 서 있는 제갈지소에게로 걸어갔다.

"이해할 수 없어……."

야현은 제갈지소의 몸을 벽으로 밀며, 품에 안을 듯 가까이 다가섰다.

그리고 속삭였다.

"그대를 어찌하나."

야현은 제갈지소의 흔들리는 눈동자를 바라보며, 새하얀 송곳니를 드러내고 히죽 웃었다.

〈다음 권에 계속〉